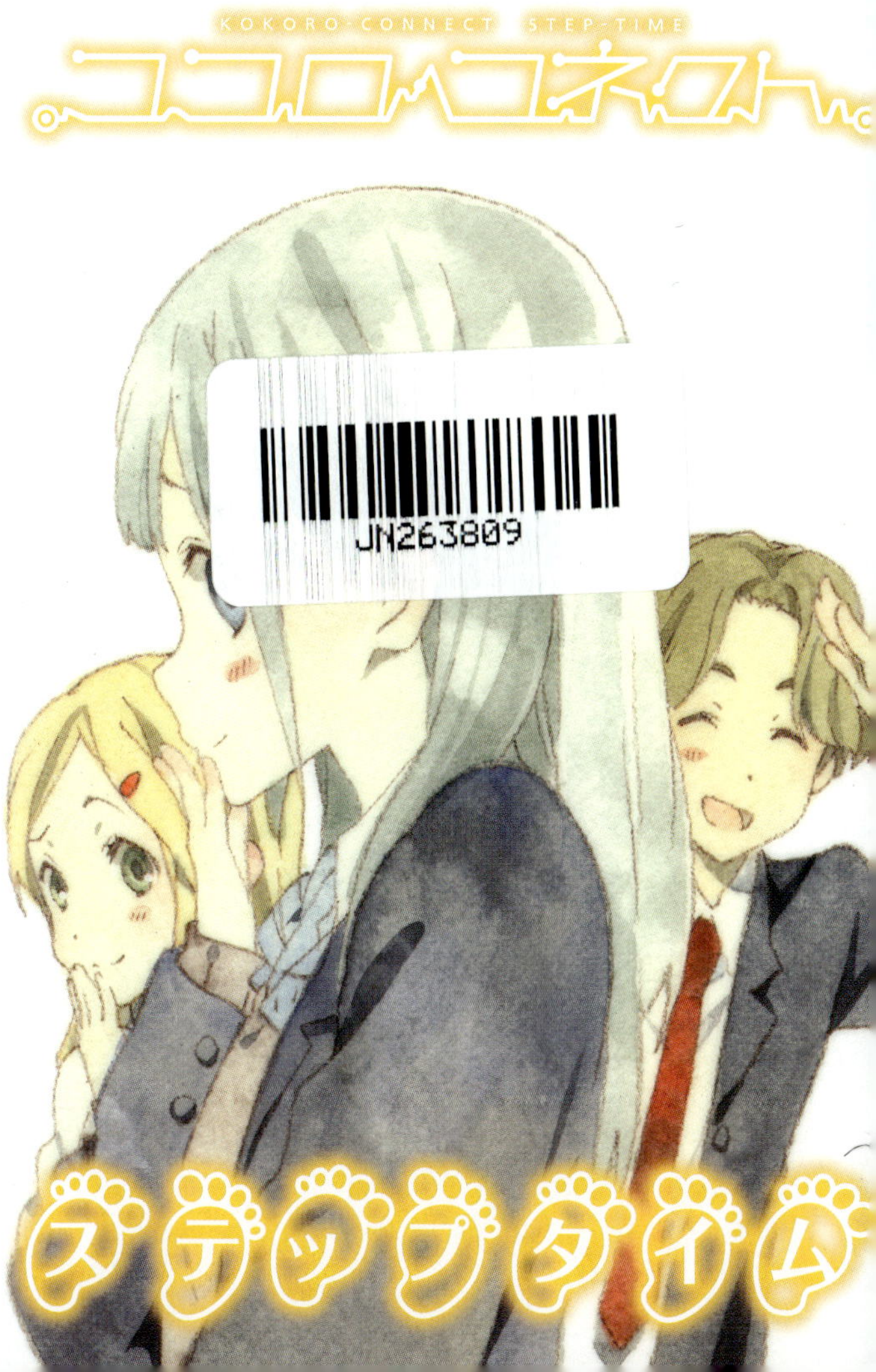
KOKORO-CONNECT STEP-TIME
ココロコネクト
ステップタイム

文化研究部
発足5日目
名前オンリーはやっぱ
『唯』だけって感じかなぁ。
だからオレは……
伊織ちゃんって呼ぼうっ
『ちゃん』付け
大丈夫っす！

俺は……
やっぱり当分の間は
……永瀬でいいかな
じゃあ
永瀬さんは……
伊織って
呼んでもいい？
ファーストエンカウンター

ふたりぼっちの友情
必要以上に入り込まない。
放っておく。面倒なことにはしない。
そうやって自分は、
誰に傷つけられることも
自ら傷つけることもなく
――その代償として
誰とも深い関係にならず――
人生を送ってきたではないか。
自分はこれからも
同じ安全な道を歩むのだ。
それこそが、自分のような人間に
相応しい生き方……だ。

自分はどんな人間なのだろう？
自分はどうしたいのだろう？
それがわからないから、
ふらふらと意志もなく漂うみたいに生きている。
周囲の人間ともどうやればいいかわからない。
だから、ただ『皆にとってよく』やればいいと思っている。
それが正しいはずだ。

Fashion Check!
これでカレの目も釘づけ!?
デート☆モテ服チェック♪
ピッタリとからだに張り付くパンツと
清楚な白シャツに彼もドキッ!
Himeko Inaba
稲葉姫子
白のカットソー
七分丈スキニーベージュパンツ
白のフレンチヒール

Yui Kiriyan
ふわふわのワンピース姿は、
思わずぎゅっと抱きしめたくなるかも！
やっぱり背伸びをしすぎない
ナチュラルコーデが一番！
Mariko Nakayama
中山真理子
グレーロング丈パーカー
ブルーのツイードスカート
ファッションスニーカー
桐山 唯
花柄ワンピース
白のフレアシフォンスカー
ウエスタンブーツ
デート×デート×デート

目次《もくじ》

ココロコネクト ステップタイム

庵田定夏

ファミ通文庫

イラスト／白身魚

文化研究部

私立山星高校《しりつやまぼしこうこう》では部活動への加入《かにゅう》が義務《ぎむ》づけられている。

そのため山星高校の新入生は全員、期限までに、やたらと数の多い部活から自分が入部したい部活を選ばなければならない。それは元々高校で部活をやる気満々だった生徒であろうと、帰宅部《きたくぶ》で遊びまくってやろうと期待に胸を膨《ふく》らませていた生徒であろうと、バイトに明け暮れるつもりだった生徒であろうと、問答無用《もんどうむよう》なのである。

そして四月末には入部届《にゅうぶとどけ》を担任《たんにん》に提出。提出すればほとんどの者がそのまま入部を許可され、晴れて五月より正式な部員として活動を開始することになる。

それが、山星高校に入学した者なら誰《だれ》もが辿《たど》る道筋《みちすじ》だ。

しかし、何事にも例外は存在する。

例年少数ではあるが、普通の山星高生が辿る流れから外れる生徒達がいるのだ。

例えばそれは、山星高校で正式に部活として認められる『部員数が五人以上』という項目を満たしていない部活への入部を希望してしまった生徒、だとか。

けれどもそんなアウトローの生徒達も、やがては学校という体制側の力により正式に活動している部活動に加入させられる。

その運命からは、何人《なんぴと》たりとも逃《のが》れることができないのだ。

ただ今年のアウトロー達の処遇《しょぐう》は……、一部のおおらかな（適当《てきとう》な）教師達の手によって、いつもとは幾許《いくばく》か異なるものになっていた——。

一日目　――八重樫太一の場合――

八重樫《やえがし》太一《たいち》は、自分と同じ境遇《きょうぐう》らしい四人と共に、一年三組担任、後藤龍善《ごとうりゅうぜん》の先導《せんどう》で部室棟《ぶしつとう》を訪れていた。

「つーことでここが文化研究部《ぶんかけんきゅうぶ》の部室になるから。隣《となり》は空室な。あ、だからって変なことに使うなよ～、おい頼むぞ～」

男子高校生のノリでニヤニヤ笑って言いながら、後藤は部室棟四〇一号室の扉を開く。

「お、やっぱこの前まで他の部活が使ってたから綺麗《きれい》だな、よしよし。おい、入れよ」

後藤に促《うなが》され、太一達も部室に入る。

入ってすぐの左隅《ひだりすみ》にロッカー、奥には物置《ものおき》と年季《ねんき》の入った黒いソファーがある。他には使い道のわからないものが入ったダンボールがごろごろと置いてあった。

右手側面には黒板《こくばん》があり、真ん中では長テーブル二脚とパイプ椅子《いす》六脚《きゃく》がどんとスペースを取っている。

「じゃ、後はさっき説明したように勝手に決めてくれ。見かけだけでいいからちゃんとしたものにしてくれよ」

後藤は軽ーい口調で軽ーいことを言う。

「決まったら報告な。俺が顧問《こもん》になっちゃったらしいし。感謝しろよ、ホント。他の部活も顧問やってるのにさ～……名ばかりだけど。じゃ、そういうことで！」

太一達の反応を気にすることなくぺらぺらと自分の言いたいことを話し切ると、後藤が部屋を出ていく。

「……っておい！　待てよ後藤先生！」

太一と同じくここに連れて来られていた、クラスメイトの稲葉姫子《いなばひめこ》が叫んだ。稲葉は美人なのだが鋭《するど》く尖《とが》った印象がある。取っ付きにくい感じがあり、同じクラスになり一カ月経つがまだあまり喋《しゃべ》ったことはない。

「おいって！　……行っちまいやがった」

稲葉の呼びかけも虚《むな》しく、後藤はさっさと職員室《しょくいんしつ》に戻ったようだ。

「……適当過ぎるんだよ、あの教師。社会人として失格だろ」

「まーまー、稲葉さん。フレンドリーな教師を目指してるって言ってるんだから。後、本人の要望通り『後藤先生』じゃなくてあだ名の『ごっさん』って呼んであげようよ」

悪態《あくたい》を吐《つ》く稲葉を、これまた太一と同じクラスの永瀬伊織《ながせいおり》が宥めた。永瀬は誰もが認める正統派可愛《かわい》い系の女の子だ。クラスの男連中が「すっげぇカワイイ」と言い合っているのを何度も聞いた。ラフに後ろ髪を括《くく》った髪型がとても似合っている。

「なにが『ごっさん』だアホらしい。せいぜい『後藤』って呼び捨てにするのが関の山だな」

「せ、先生を呼び捨てって……」

小さく呟《つぶや》いたのは一組の桐山唯《きりやまゆい》。桐山は栗色のロングヘアーがとても印象的な子だ。話したことはないが、体育の授業で一緒だった時に他の女子から可愛がられているの（だと思う）をよく覚えている。意外に運動神経がよかった気もする。

桐山につっこみを入れられ、稲葉がその桐山を軽く睨《にら》みつける。

びくっと震えて、桐山が稲葉から少し距離を取った。

「稲葉さ〜ん、んな睨まなくたっていいんじゃな〜い？　同じ境遇のもの同士仲よくしようぜ〜」

桐山と稲葉の間に割り込み、一組の青木義文《あおきよしふみ》が言う。青木も体育の授業で一緒なので多少知っている。へらへらとよく喋っているので目につくタイプだ。線は細いが身長も高いし。

「……うざっ」

端的《たんてき》で辛辣《しんらつ》な稲葉の一言。

「付き合いが浅いのにいきなり『うざっ』ですか⁉　超アグレッシブなんですけど⁉」

大げさに言う青木に対して、稲葉は心底鬱陶《うっとう》しそうな視線を返していた。

そんな噛《か》み合わない二人にまたしても永瀬の仲裁《ちゅうさい》が入る。

「まーまー、とりあえず椅子もあるんだし座りましょうぜ。……あ、断っとくけどわたしさっきも『まーまー』って言ったからって、『まーまー』が口癖《くちぐせ》のキャラじゃないからねっ⁉」

「……思いっ切り杞憂《きゆう》だと思うぞ」

ぼそりと太一が口にすると、永瀬は太一の顔をまじまじと見つめ、それからにこりと口の中いっぱいに甘さが広がるような笑みを零《こぼ》した。

……正直かなりドキドキした。


一応先に後藤によって集められた時点で行っていたのだが、太一達は改めてお互いに自己紹介をし合った。

その後、後藤から説明された現状についての話し合いを行う。

「……つまり、現在正式に認められている部活以外への入部を希望した奴らが無理矢理寄せ集められてここにいる……って訳か」

いつの間にか場を仕切るポジションに収まっている稲葉が言った。

「余り者達を他の部活に入れるんじゃなくてまとめてひとつの部活にしちゃえって……、どんだけウルトラC的発想してるんだよ、後藤の野郎は……」

呆《あき》れ気味な稲葉に続き、桐山が口を開く。

「それであたし達は、もう、新しく立ち上げられた『文化研究部』の部員として学校に登録されちゃってるんだよね。部活の定義《ていぎ》は……ええと……」

詰まった桐山の後を、永瀬が引き継ぐ。

「『既存《きぞん》の枠《わく》にとらわれない、様々な分野における広範《こうはん》な文化研究活動』……だったと思うよ」

頷《うなず》いて、太一も口を開いた。

「既存の枠にとらわれないってだけで言うのなら、ぶっちゃけ『なんでもあり』ってことだよな」

「『なんでもあり』って……じゃ、遊び放題って訳っすか⁉　なんという理想空間！」

まだぎこちなさが残る室内で、青木は一人だけ騒《さわ》がしい。

「てか、お前らこの部活でやっていく気満々なのか？」

青木とは対照的なローテンションで稲葉が問う。

「へ？　もう部活に登録されちゃってる訳だからやるしかなくない？」と青木が返す。

「だからって、意味のわからない部活を……あ、そうか。……ここを自分のやりたい部にする方が早いか。よし、ならアタシは情報処理室《じょうほうしょりしつ》を使いたいから、そういう方向でやりたいことを申請《しんせい》しようか」

「なんで情報処理室を?」

太一が尋《たず》ねる。

「うちの学校設備がいいんだよ。登録料《とうろくりょう》要るサイトだっていくつか学校名義《めいぎ》で登録してるから使えるし。アタシが情報収集・分析《ぶんせき》をやりたいって話はしただろ?」

「でもそれって、稲葉さん個人のやりたいことであって……」

「そうだけど、なにか?」

口を挟《はさ》んだ桐山に、稲葉が凄《すご》む口調をする。

稲葉に威圧《いあつ》され「あぅ……」と桐山は小動物みたいに縮《ちぢ》こまった。

更に小馬鹿にした態度で稲葉が畳《たた》みかける。

「おたくらのやりたいことってしょうもないことばっかなんだしさ」

そう言って稲葉が他の四人を見渡す。

蔑《さげす》むような目で見られたので、太一も少々むっと——。

「そっ、そんなことないもんっっっ!」

がたん、と椅子を後ろに引き桐山が勢いよく立ち上がった。

稲葉が驚いた表情で目をぱちぱちさせている。

「なんか『窮鼠猫《きゅうそねこ》を噛む』って感じだな」と太一が呟くと、隣で永瀬が「うまいっ」と小声で褒《ほ》めてくれた。

皆の注目を浴《あ》びたせいか、桐山の頰《ほほ》が赤くなる。

しかし緊張した様子ながらも、桐山は一生懸命《いっしょうけんめい》言葉を紡《つむ》いだ。

「あ、あの、でも、あたし『可愛いもの』が好きでっ。その気持ちは本当でっ。『可愛いもの』ってそれだけで誰かを幸せにできるから、素敵で。だから……しょうもなくなんかは……ないと思う」

言い終えて、桐山が席に着く。

「ふ～！　唯かっけ～！」

青木が手を叩いて声を上げる。

「な、なにがよ⁉　それと青木君！　下の名前で呼ばないでって言ってるでしょ⁉　男子のクセに！　男子のクセに！　男子のクセに！」

桐山は『男子のクセに！』を三度も繰り返す。男に恨《うら》みでもあるのだろうか。

そんな二人の様子を、永瀬は楽しそうに眺《なが》めつつ言う。

「あははー、二人って仲よしなんだね？」

「仲よしなんかじゃない！」「仲よしだぜ！」

タイミングはバッチリ被《かぶ》っているのに、発言内容は綺麗《きれい》に正反対だった。

「勝手なこと言わないでよ青木君！　いつあたし達が仲よしになったのよ⁉」

「オレが仲よしになろうって決めた瞬間さ！」

「ひぃ!? 妄想《もうそう》恐い!」

それからも桐山と青木のわーきゃー合戦はしばらく続いた。教室でも似た感じなのだろうか、だとしたら……周囲は間違いなく仲よしと判定するだろう。

しばらくして二人の言い合いが一段落。

「はぁ……、無駄《むだ》な体力使った……。で、なんの話してたんだっけ?」

桐山が小首を傾《かし》げたので太一が答える。

「決めなきゃいけないのは、この部活でなにをするかって話で」

「ああ、そうだったわね。え〜と、じゃあ——」

「……おい、あの」

そこで、稲葉が桐山に呼びかけた。

「はい?」

ずっと威圧《いあつ》的《てき》だったはずの稲葉が、続きを言いづらそうに頭を掻《か》いている。

「なんつーか……そっちが好きなものを、頭ごなしに否定したのは……悪かったよ」

そっぽを向き照れくさそうに、稲葉は言った。

「あ……うん。了解」

桐山がこくりと頷《うなず》く。

当事者は稲葉と桐山なのに、なぜか二人だけでなく皆の距離が少し縮まった気もした。

「もしかして、稲葉さんって実は……凄《すご》く可愛い？」

永瀬が言う。

「誰が『可愛い』だバカ野郎っ！　なんでそこで『可愛い』って形容《けいよう》が出てくる⁉」

だんっ、と稲葉が机を叩いた。

「え……可愛い？　稲葉さん実は可愛い……実は可愛い……。そう考えると稲葉さんすっごく可愛く見えてきた！　うっしゃー！　か・わ・い・いー！」

「なんだ桐山のそのテンションの上がり方⁉　かなりキモイぞ⁉　つーか可愛い可愛い言うな！　アタシはそう見られるのが一番嫌なんだよっ！」

「なんで⁉　『可愛い』は全ての女の子の憧《あこが》れでしょ⁉」

「そうじゃない女もいるんだよ！」

「あー、わかったー」

ぽむ、と永瀬が手を叩く。

「稲葉さんって格好《かっこう》いい系の女を目指してるんだね〜。だから『お前』とか『じゃねえ』とかの乱暴な口調でキャラ付けしてる訳か」

「きゃ、キャラ付けとか言うな！　アタシは元から……元からこうなんだよ！」

稲葉はなぜかうろたえている。

「ちょっと稲葉さん！　わざと可愛くない方向を目指すってどういうことなの⁉」

「なに半ギレになってるんだよ桐山は⁉　てかお前らの好きなものが理解不能なのは間違いねえよ！」

「理解不能って……可愛いものは……可愛いのよ！」

「説明になってねえよ！」

その言い合いの隙《すき》を突くように、今度は太一が稲葉に向かって問う。

「ちなみになんだが、お前『ら』……ってことは俺の好きなプロレスも理解不能なものになるのか？」

「当たり前だろ八重樫！　なんだよ男がバチバチ殴り合って投げ合って……なにが面白《おもしろ》いんだよ！　あれこそ訳がわからん」

「なにが面白いって……プロレスは……プロレスなんだぞ！」

「だから説明になってねえよ！　にしても今時プロレスオタクって、さぶっ」

「おいっ、今すぐその発言を訂正しろ！　お前がプロレスを嫌いなのは構《かま》わんがプロレスをバカにするんじゃない！」

「だってあんな八百長《やおちょう》のおままごとを好きな奴って……」

「はぁ……、これだから素人《しろうと》は困るな。そもそもプロレスで八百長かどうかの議論《ぎろん》が出ること自体おかしいんだ。いいか、プロレスというものは台本のあるショーであって、プロレスラーは相手に勝つことよりもお客さんをどれだけ楽しませることができるかで勝負しているんだ。いや、もっと本質に迫るならば『ショー』という概念《がいねん》も超越《ちょうえつ》していると言っても過言《かごん》ではない。プロレスはただ『プロレス』という言葉のみでしか存在を表すことのできない唯一無二《ゆいいつむに》の——」

「八重樫君が急に饒舌《じょうぜつ》に！」青木が言い、

「しかもちょっとウザイ感じだ！」永瀬が言い、

「普通の子かなって思ってたのに……」桐山が言い、

「これだからオタクって奴は……チッ」と稲葉は舌打ちだ。

「……そ、そんなにやってはいけないことをしましたか？」

するとやけに納得した口調で稲葉が言う。

「てゆーか……ここに集まってる段階で、普通の部活に入ろうとしない変な奴だもんな。そこの二人はなにをやりたいかも不明だし」

「オレは楽しければなんでもオーケーさ！　いや、最早《もはや》唯がいるからその時点で楽しいけど！」

青木がガッツポーズを作って言うと、桐山が赤い顔をして慌《あわ》て出す。

「だからっ、そういうことをっ、堂々とっ、言うなっ！　ていうか思うなっ！」

青木は桐山のことをからかっているのだろうか。それとも本気でそう思っているから部活の選択《せんたく》を教師に任せるということをしでかした永瀬はそんな風に言って、笑った。

「ま、わたしもなにやら楽しいことがあればいいかな、って感じですよ」

言っているのだろうか。


結局、文化研究部の初会合の日に決まったことは特になかった。

ただ、自分と同じく無理矢理この部活に入れられたメンバー達のことは少しわかった。

稲葉姫子は、気が強いし取っ付きにくそうに思えたが、桐山に謝罪《しゃざい》していたところを見るに、誠実《せいじつ》だし案外いい奴みたいだ。口が悪いからといって、性格まで悪いなんてことはなさそうだ。ただ単に思ったことを正直に言うタイプなのかもしれない。

桐山唯は、ちょっと人見知りなところもあるようだが、自分の好きなことには一生懸命だし（好き過ぎて多少暴走モードに突入していたようでもあったが）、それに同じクラスの青木とはぎゃーぎゃー言い合っていた。もっと素が出てくると面白そうな子だ。

青木義文は体育の授業で一緒だった時と同じように、人見知りなどとは全く無縁《むえん》の明るい奴だ。桐山に開けっぴろげにアプローチしているようだが、あれはからかい半分なのだろうか。なんとなく本気な気もする。

そして永瀬伊織は……、どう言えばいいかいまいちわからなかった。いやもちろん、可愛いし、明るいし、空気も読むし、面白い子でもあるとは思うのだが。なんだろう、形容し難《がた》いなにかもやもやとしたものが……。

まあとにかく、全員結構いい奴だし面白そうな同級生達だ。

ただ男子二名、女子三名の構成は少々気になるところだ。男子が青木しかいないと、もし青木が病気で休んだら、自分と女の子三人だけになってしまう。……それは気まずい。なにを話せばいいか絶対にわからなくなる。

そして一番問題なのは、肝心《かんじん》の部活の内容だ。

自分はプロレスが好きだ。だから『プロレス研究会』なんて部活があると知った時は喜び勇《いさ》んでここしかないと思った。

しかし実際のところ、この部活にはプロレスの話をできそうな人間が一人もいない。そしてプロレスに関連する活動をする気配もなさそうだ（やれるのであれば是非《ぜひ》やりたいが）。

ならば自分が、この部活にいる理由とはいったいなんなのだろうか。このままじゃ、無意味な部活をして高校三年間を過ごす羽目《はめ》になる。

今更《いまさら》だが普通の部活に入った方がいいだろうか。

親にも妹にも、中学時代やっていた野球を続けろと言われていたりするし、クラスの友人にサッカー部に誘われていたりもする。

このまま高校できちんとした部活動をしないと、後に悔《く》やむことにならないだろうか。

冷静にメリットデメリットを確認してみる。

……考えれば考えるほど、今のままじゃダメな気がしてきた。

どう考えたって体育会系の部活に入っていることは、後々の人生まで含めていい選択だと思うし……。

山星高校は部活動強制《きょうせい》なので自主的な退部はできないはずだが、転部なら可能だったはずだ。後できちんと校則《こうそく》を読んでおこう。

それにしても、と太一は思う。

クラスメイト同士は別として、他はほぼ初めて喋る間柄だというのに、打《う》ち解《と》け過ぎではなかったろうか。

男二人に対して女の子三人なんて、固くなってしまいそうなのに、思えば自分も力を抜いて自然体でいられた。

初めてなのに初めてじゃないみたいに、体に馴染《なじ》んでいた気がする。

それは、とても不思議な感覚だった。

三日目　——桐山唯の場合——

なんだってこんなことになったのだ、と桐山唯は心の中で一人毒づく。

自分は『可愛いもの』が好きだ。とても、好きだ。

山星高校だと校則もゆるいし、いっぱいおしゃれできそうだった。それに幸運《こううん》なことに、今年一年生には可愛い子がもりもりとたくさんいたのだ（桐山唯調べ）。他の女子校に行こうか迷っていたけれど、この学校にして本当によかった。

そして部活を選ぶ際、『ファンシー部』なんて夢のような部活があると知り、絶対ここに入ってやろうと決意したのだ。

ファンシーの名を冠《かん》するなんて、そこはいったいどれだけファンシーに囲まれた空間なのだろうとわくわくしていた。

ところが今、自分はというと――。

「月に一度、プロレスを見に行ってそれを論評《ろんぴょう》し合うというのはどうだろうか？」

「んー、なんかルーチンを決めちゃうよりさー、その時々でやりたいこと出し合って、っていうのどうかな？」

「いいね永瀬さん！　でもさ、正直それだとなにも決まらないでうだうだしてるだけになりそうなんだよね。今だってなんにも決まらないで二日経ってるし」

そうだ、青木の言う通りだ。いつまで経っても、自分達はこの文化研究部でなにをやるかを決められずにちんたらやっているのだ。

だいたい、元はやることが決まっていなくて、入部して部員となった者達が初めてするべきことを考えるっておかしくないか？

「唯はどう思う〜？」

青木が訊いてくる。いい加減「下の名前で呼ぶな！」と言うのには疲れてきた。

「だからあたしは……可愛いものを作ったり、探したりっていう活動を」

唯が言いかけると、斜《なな》め前に座る稲葉が露骨《ろこつ》に溜息《ためいき》を吐いた。

「それこそなんなんだよ。可愛い、可愛い、ってそんな人によって評価が変わるものになんの価値があるんだよ」

むっ、とした。

「……だったら稲葉さんの、ネットを駆使《くし》して情報集めてそれを整理分析する活動って方が意味わかんないんだけど。そんな情報を集めて、なにに使うのよ？」

「情報は知ってるだけで価値があるんだよ。例えば……」

一旦言葉を切って、稲葉が顔を見つめてくる。

「お前が空手《からて》で昔……『神童《しんどう》』って呼ばれてたことだとか」

空手。神童。

昔の、ことだ。

「知ってた方がなにかと便利《べんり》だろ？　悪漢《あっかん》が襲ってきたら守って貰ったり、……なんて

格闘技好《かくとうぎ》きイコールプロレスを好きになる素養《そよう》があるってことだな？」「じゃあ桐山さんには

ことまでは流石《さすが》にないだろうけど」

「え、桐山さん空手やってたの？」「唯、かっちょいいじゃん！」

永瀬が、青木が、八重樫が口々に言う。

「……む、昔のことだからさ」

曖昧《あいまい》に笑って、誤魔化《ごまか》した。

「とにかく、遊んだりなんだりじゃなくて、実のある活動をすべきだろ？　だから各自パソコンでやれることにしとけって。アタシは情報処理室さえ使えればいいから」

「それで得するのは稲葉さんだけじゃーん」

永瀬が不平を漏《も》らす。

皆、価値観《かちかん》が違い過ぎるのだ。

稲葉は功利《こうり》主義というか合理主義というか、とにかくそんな感じだ。

青木と永瀬に関しては楽しければよさそうで特に考えはないらしい。

八重樫はプロレスプロレスプロレス。

そして自分は、可愛いもの第一主義。

うん、本当に方向性が違う。

そんな価値観の異なる人間達のやりたいことが、一致《いっち》するはずもない。

それからもしばらく話し合いが続くと、業《ごう》を煮《に》やした稲葉が提案した。

「だいたい元々があまりもんの寄せ集めなんだから、もういっそやってることを適当にでっち上げて学校側には報告して、各自やりたいことをやったらどうだ？」

投げやりだけど、建設的《けんせつてき》とも言える案だ。

しかしその言葉を聞いた時、自然と唯の口は動いていた。

「それはよくないと思う」

はっきり言う。

稲葉のキツイ視線が唯に突き刺さる。

「だって……そんなのズルイし」

稲葉はしばらくじっとこちらを睨んでいた。

「ズルイ、ね。お前って……バカだし真面目だから変なところで損《そん》しそうだな」

「ば、バカって！」

「でも――」

稲葉が、普段の硬《かた》い表情からは想像できないくらいやわらかい笑顔を浮かべる。

「いい奴だな、桐山は」

「いい……奴」

不意打ちで言われたから、びっくりしてしまって上手く意味を理解できなかった。

それから、徐々《じょじょ》に投げかけられた言葉が体に染み込んでくる。

「いい……奴。……えへへ」

顔がにやける。

「なんだこの単純な生物」

稲葉がなにかバカにしたようなことを言っていたが、大して気にならなかった。

続いて永瀬が声を上げる。

「なにこれ！　なんか前にもこんな展開あったよ！　もしかして桐山さんと稲葉さんって……『そういう関係』に発展しそう!?　できちゃうの!?」

「嘘《うそ》でしょ唯!?　オレの立場は!?　オレはどうしたらいいの!?」

青木もなにやら叫んでいる。

「テメエら気持ちの悪いこと言ってんじゃねえよ！」

稲葉が言って、その後に唯も重ねた。

「そ、そうよ。あたしは可愛い『人』だって大好きだから、美人系だけど稲葉さんも余裕で範疇《はんちゅう》に入ってるし、稲葉さんと『きゃっきゃっうふふ』したい感情はあるけど。あ、ついでに言っておくと永瀬さんの方が正統派で本格派な可愛さがあるからより『きゃっきゃっうふふ』したいと思ってるわ。でもその『きゃっきゃっうふふ』はあくまで変な意味じゃなくて、ある意味子猫同士がじゃれ合うような意味合いで――ん？」

気づくと、なぜか皆が自分のことを見つめていた。

どこか、強張《こわば》った表情で。

「……あれ、どうしたの？」

唯は首を傾《かし》げる。なんで？

いや、よく考えてみよう。

さっきの自分は、……もしかすると変なことを言っていたかもしれない。

勘違《かんちが》いされて、しまうような。

「ち、違うよっ！　違うからね！　変な意味じゃなくて『可愛いもの』が好きだからその延長線上で『可愛い女の子』が好きって訳で……ああ！」

説明すればするほど墓穴《ぼけつ》を掘っている気がする。

「つまり……桐山は」

八重樫が、口を開く。

「女の子なのに女の子が好きという、いわゆる」

「ちが――――――――――――――う！」

違う。男は苦手だけど。それは違う。断じて違う。違うのだ。違うぞ。違う？　うん、違うぞ！　違うって説明しなきゃ。ええと、違うから、ええと。

「違う……、違うのっ！　あの、えっと……」

とにかく。説明を。でも今じゃ無理だから。一旦落ち着いて。みんなが見てる。今？無理。それは。だから——。

「む〰〰〰〰！」

叫んで、桐山は部室から飛び出した。

自分でも訳がわからなかった。

部屋を出ていく寸前に「なんでそんなストレートに訊いちゃうの八重樫君はっ！」という永瀬の声が聞こえた。

……恥ずかしくて死にそう。


「唯！　そんなダッシュしてどこ行くの⁉」

「ストップ、唯！」

部室棟から離れてグラウンドに出ると、クラスの友達二人に呼び止められた。これから遊びに行くところらしい。

まだそんなに遅い時間ではなかったけれど、もう部活が終わったのだそうだ。うちの学校は部活の数が多く、グラウンドや体育館の使用にローテーションが組まれているので、その場所が使えない日は早く練習を切り上げる運動部が結構《けっこう》ある。

「ね、唯。あんたもあたしと一緒に陸上《りくじょう》やりなさいよ。あんたのその脚力《きゃくりょく》使わないのはもったいないって」

いつもお弁当を一緒に食べる友達でもある雪菜《ゆきな》が言う。

「もったいないって……。そんな大したことないし」

「だって今向こうから凄いスピードでグラウンド横切って来たじゃない？　手でほっぺ挟んだり髪の毛ぐしゃぐしゃやったり、無茶苦茶《むちゃくちゃ》なフォームなのに凄いスピードだし。あたし思わずスパイクぶん投げて陸上辞めようかと思ったよ」

陸上部の人間を挫《ざ》折《せつ》させるほどの速度は出ていないと思うのだけれど。

「でも」

「なら、唯！　是非《ぜひ》ウチのバスケ部に来るんだ！　人数も少ないしレギュラー間違《まちが》いなしだよ！　身体測定の時の垂直跳《すいちょくと》びの異常な記録見てから実は狙ってたんだよね～」

今度はもう一人の友達である香織《かおり》が言う。

「バスケって……。あたし球技《きゅうぎ》系得意じゃないから……」

「……え？　球技系苦手で体育の時あの活躍《かつやく》……？　うわ、なんかバッシュ放り投げたくなった」

「うんうん香織、あたしゃわかるよ、その気持ち」

妙な芝居《しばい》がかった声で言い出す雪菜。

だから人を挫折させるほどのものではないと思うのだけど。

「だいたいあたしは──」

──だいたい、自分はもう投げ出してしまった側の人間だ。

──だから、二人の方がとっても凄いんだよ。

心の中で、唯は呟いた。

「ま、もしあんたがやるとしたら、やっぱ本業《ほんぎょう》の空手なのかな」

雪菜の言葉に、香織が驚く。

「え？　唯って空手やってるんだ、すごーい」

「い、今はやってないよ。もう大分前にやめたし……。昔の、話だよ」

昔の、話なのだ。

「とにかくっ、あんたが今いる部活……文化研究部だっけ？　がいまいちなにやってるかは知らないけど、できたら運動部に入りなさいよって話」

「そうそう、宝の持ち腐《ぐさ》れだよ。やりたいことがあって、ちゃんとした大会がある文化部に入るならまだしも、目標もなーんにもない部活にいたってさぁ」

雪菜と香織に言われても、唯は「うぅ……」と唸《うな》るだけでなにも言い返せなかった。

二人の言っていることは、よくわかる。

あの部活は目標もなにもない。やることすらも決まっていない。だから当然、なんの意味もない。

メンバーは割かしいい人達ばかりだと思う。

八重樫太一は、プロレスバカで言わなくていいことをぽろっと口にしちゃうタイプだけど、とても正直だし好感《こうかん》が持てる。

稲葉姫子は、初めて見た時は凄く恐かったのだけれど、よくよく話してみると、意外にそうでもなさそうだ。それに、本当はとても心の優しい子なんじゃないかと思う。

永瀬伊織は、ホント可愛い。凄い可愛い。性格も明るいし楽しいし完璧なんじゃないかと思う。でもどうしてか、たまに暗い影を感じることがある。気のせいだろうか？

そして青木義文は……、なんかあまり考えたくなかった。好意を持ってくれているのはわかる。でもごめんなさい。本当にごめんなさい。青木がダメなんじゃなくて――。

そういう訳で、部員の人達自体に文句はない。

けれど、価値観は違っている。だからお互いのやりたいことは違う。

そして普通の部活にはあるだろう『ひとつの目標』がないから、そのベクトルは同じ方を向く気配がない。

この部活で、自分はなにか意義《いぎ》のある記録を残すことができるか？

もし自分が、他の運動部に入ったならば？

部活動とは、なんのためにやるものだ？

目的のない活動を始める意味は？

やりたくて選んだのならまだしも、今の部活にいることは自分の本意ではない。

実は、今日の雪菜や香織だけでなく他の運動部からも勧誘《かんゆう》を受けていて、その中で『部員五人以上が部活承認《しょうにん》の条件。が、途中退部で部員が五人未満になっても、その年度中は正式な部活として存在が認められたままである』という知識も得ている。

だから、自分が今この部活をやめたって誰かに迷惑をかけることはないのだ。

空手はもう、自分の中で終わっている競技《きょうぎ》だ。

だからやるとすれば、空手以外のスポーツになるだろう。

今まで考えたことはなかったけれど、そろそろ考慮《こうりょ》に入れてもいいかもしれない。

宝の持ち腐れ……。自分は、『宝物』なんて大層なものを持っているのだろうか。

それにしても、と唯は思う。

確かに自分は騒がしいタイプかもしれないけれど、あそこまでまだ慣れてない人の前で叫ぶなんて普通しないのに。打ち解けた、と言えるほどの時間は全然経っていないのに、なぜかもう慣れ親しんだ雰囲気《ふんいき》があった。

後、もう一つ。

八重樫と青木は、男の子なのだけれど、他の男の子より、あんまり緊張しないで済む。

本当に、なんとなく。

本当に、少しだけ。

その『なんとなく』がわかれば、もしかしたら自分は――。

五日目　――青木義文の場合――

いきなり後藤に「お前ら今日から文化研究部の部員な」と告げられ、そのまま部室に連れて行かれた日から、五日が経った。今日はもう金曜日だ。

青木義文は、ここ最近ずっとそうであるように今日も部室棟四〇一号室にいる。

青木の目の前では、相変わらず進展《しんてん》しない話し合いが続いていた。

「ね、あだ名つけようよ、みんなで」

突然、永瀬が脱線《だっせん》をかました。

「あだ名？　なんでまた？」

八重樫が尋《たず》ねる。

「だってー、せっかく一緒の部活なんだしー、名字のまま『さん』や『君』付けで呼ぶのって寂《さび》しいしー」

さっすが、永瀬は話がわかっている。

「いいね！　賛成《さんせい》！　大賛成！」

両手を挙《あ》げて青木は言った。そういうのって大事だよねー、うんうん。

「面倒臭いし、要《い》らねえよ」

稲葉は不機嫌《ふきげん》そうに文句を垂《た》れる。

しかし仏頂面《ぶっちょうづら》の稲葉に対しても、永瀬は臆《おく》さない。

「そんなこと言わずにさっ、稲葉さんっ。あだ名って言っても普通に下の名前で呼ぶだけっていうのもアリだからさっ！」

「あだ名っていうより呼び名を決めよう、って感じだな」

「まさしくそれだよ八重樫君！　てか、わたし前々から八重樫君って呼ぶの嫌だったんだよねー。や・え・が・し・く・ん、って六文字もあるし若干《じゃっかん》呼びにくいし」

「……なんかすまん」

謝らなくても大丈夫だぞ、と青木は心の中で言った。あ、声に出せばよかった。

「そうだなー、八重樫君だから……、えーと……やーくん、やえっち、やーちゃん、やーさん……」

「永瀬、間違っても最後のだけはやめてくれよ。……道義《どうぎ》的に」

そりゃそうだな、と青木も納得。

「うーん……下の名前は……太一か。太一、……うん、太一。普通に太一がしっくりくるね」

「太一」

青木も言ってみる。

「うん、違和感《いわかん》なし。なんか呼びやすい。ばっちりオーケーな気がするよ、オレも！」

「青木はいいけど、女子から下の名前で呼ばれるのは……照れるな」

「そう？　ただの呼び名って思えば気にならなくなるよ。桐山さんも稲葉さんもオッケー？」

「た、太一ね。……うん、太一。よしきた」

唯はちょっと気合いを入れるようにしてからこくんと頷く。

ぬ、顔が赤くなっている。男の子を下の名前で呼ぶのは恥《は》ずかしいか。……まさか太一は特別じゃないよな。ま、ないだろ。あったらその時はその時だし。

「八重樫で十分な気もするけど。……太一、ね。呼びやすいしまあいいよ。つーか流されてるなアタシ、色々と……」

乗り気ではなさそうだったが、稲葉も首肯《しゅこう》した。

というかこの流れでいけば、唯も自分のことを『義文』と呼ぶことになるんじゃないだろうか。もしくはより親しげなあだ名で呼んで貰える、か。つまり……親密度《しんみつど》急速アップイベント発生目前ということ！

「リーチ！」

「青木君……急になに言ってんの？」

唯が怪訝《けげん》な目で聞いてきた。

「いや、一応言っておこうかなって。マージャンだとそうした方がいいんでしょ？　そんなイメージで」

マージャンのルール知らないけど。

「はぁ？　なんでマージャン？」

唯はとても冷たい返しをする。

だがそんな態度も今日までだ。この呼び名決めを機に青木義文は一気に逆襲《ぎゃくしゅう》を始める！

べ、別に今負けているつもりもないけど！

呼び名決めは続いていく。

「桐山さんは……友達に唯って呼ばれてるよね？　唯って名前可愛いし、そのままも可愛いかなって思うけど」

まずは永瀬が提案。

「うん……、クラスの友達にもそう呼ばれてるし、呼ばれててしっくりくる」

「オレも呼んでるしね！　唯って！　あ……でも唯という呼び方をするのはオレだけが

いい……そんな独占欲《どくせんよく》も」

　あるよね、やっぱそういうのって。

「あたしは『あんただけには許可しないルール』を導入《どうにゅう》したいくらいよ！」

　またまたそんなこと言って。結局は許してくれるんだから。まさかしつこいから拒否するのを諦《あきら》めているだけなんてことはないはずだしね。……ないよね？

「唯、か。……俺はその……恥ずかしいから慣れるまで桐山って呼んでもいいか？」

「えー、足並み揃《そろ》えようよ太一ー」

「なんだ太一、オレに遠慮《えんりょ》してるのか？　オレは心の広い男だから気にしなくてもいいんだぞ？」

「「それはない」」

　太一と永瀬、二人同時に言われた。なんか息合ってるな。

「しかし……どうも呼びづらくて」

「呼びづらいのに無理に呼ぶこともないと思うけど？」

「あ、ありがとう。助かるよ桐山」

　あれ、太一にはやたらと優しいな、唯。

「オレはなにがあっても唯って呼び続けるからねっ！」

「あんたは黙《だま》っといてっ！」

あら、自分にはやっぱり厳しいな、唯。

それも愛情の裏返し……と思っておこう。


「じゃあ永瀬さんは……伊織って呼んでもいい？」

唯が永瀬に向かって問いかける。

「そだね、わたしもクラスで何人かにはそう呼ばれてるし、やっぱそれが妥当《だとう》かな？」

「伊織……う～ん。オレの中で名前オンリーはやっぱ『唯』だけって感じかなぁ」

特別枠、みたいな。女の子を何人も下の名前で呼び捨ててるって『たらし』っぽいし。

「だからオレは……伊織ちゃんって呼ぼうっ」

「『ちゃん』付け大丈夫っす！」

伊織は右手でオッケーサインを作る。

いいねー、ノリが。

ノリ部門に限れば自分が合うのは伊織なんだろう。けれどもその相性《あいしょう》のよさと、『好きになる』ってことは個人的には別な気がする。部門だけで『好き』認定しちゃう奴もいるみたいだけど。それは価値観の違いってやつか。

「俺は……やっぱり当分の間は……永瀬でいいかな」

「もー太一ったら～、い・く・じ・な・し♡」

子犬が浮かべるような潤《うる》んだ瞳で、伊織が上目遣いを繰り出す。

「うっ……、おい永瀬……その顔でその言い方はやめてくれ。……反則《はんそく》だ」

太一が大きなダメージを受けていた。

その気持ちはよくわかった。というか自分も若干流れ弾を喰《く》らってぐっときた。

「反則的に可愛い？」

「ちがっ……いや……まあそういうことになるのか」

「あっはは、太一顔真っ赤だよ〜」

伊織が楽しそうに笑い声を上げる。完全に太一で遊んでいる。

永瀬伊織……外、内共に相当な実力者と見た！

「でもホントに伊織は可愛いわよ。あたしときめいちゃったもん！」

「……女のお前が伊織にときめいてどうする唯」

なんだかんだ稲葉も、結構自然にみんなを下の名前で呼んでいた。

「確かに伊織ちゃんは可愛い……。でもオレのランキング一位はやっぱり唯だよ！」

「だから恥ずかしげもなくそんなこと言うなっ！　あんたの言葉には重みがないのよっ、重みが！　ぺらっぺらっで重量ゼロよ！」

重みがない、と言う割に唯の顔は朱《しゅ》に染まっているし、手足はバタバタと動いている。

効いているな、間違いなく。

ボディーだ、ボディー、一発KOじゃなくていいからじわじわ攻めろ！

「言っとくけどアタシは下の名前を呼ばれるのが嫌いだ。だから名字で呼んでくれ」

稲葉は前もってはっきりと宣言《せんげん》した。

なかなかお堅《かた》い。こんなので中学の時はちゃんと友達がいたのだろうか。

「えー、姫子って可愛いのに」と唯は不満げだ。

「嫌なもんは嫌だからな。断固拒否だ」

「まあ嫌なら、ね。じゃああたしは稲葉にしとく……涙を呑《の》んで」

「俺は名字の稲葉でもう全く異論なしだ」

「太一はなんでちょっと嬉《うれ》しそうなの？」

伊織はつっこみを入れてから残念そうに続ける。

「わたしも姫ちゃんとか呼びたかったな……。稲葉……は寂しいなぁ。稲葉ちゃん……稲ちゃん……稲葉ん……ん？　なんか今わたしの中で『稲葉ん』がスマッシュヒットした！　稲葉んって呼ぼう！」

ぱっと伊織の表情が華《はな》やぐ。

それにしてもプラス思考だな伊織は。眩《まぶ》しい位だ。太陽……というよりは人工的な照明って感じがするけど、なんとなく。

「……好きにすればいいんじゃないか？　『ん』を付けたからってなんなんだよって感じだが」

「じゃあオレも稲葉ん！　……はなんか違うな〜。稲葉……稲葉ちゃん……稲葉っちゃんだな、稲葉っちゃん！」

うん、呼びやすい。ところがせっかくジャストフィットを見つけたのに、稲葉の反応はいまいちだった。

「文字数増え過ぎだろ？　普通に稲葉って呼んだ方が楽じゃねえか」

しかしそんな稲葉に、楽しそうな笑顔で伊織は言う。

「いーの、いーの、そういうものじゃないんだしさ、い・な・ば・ん」

そう、そういうものじゃ、ないのだ。

「じゃあ最後はオレか、大トリだ！　ということでみんなっ、オレに対するあだ名、呼び名……カマン！」

ここまでで十分皆の体は温まってきているし、呼び名の付け方にも慣れてきたはずだ。いったいどんなものになるのか、かなり期待だ。

しーん。

「あ、あれ？　どうしたの？」

しーん。

「みんなどんどん意見言ってこうよ！」

しーん。

「ていうか『しーん』って音がこんなに聞こえてくることって現実にあるの⁉」

皆のリアクションは非常に悪かった。

「んー……青木君は下の名前……義文だっけ？」

「そうだよ伊織ちゃん！」

「そうだなー……」

「伊織ちゃんなんでテンションがローなの⁉　さっきまでガンガン案出してたじゃん！」

「まあぶっちゃけ疲れてきたかなって」

「体が温まり過ぎちゃった⁉　後ちょっと頑張ろうよ！」

ゴールは目の前だぞ！　諦めんなよ！

「もう、この際だからね」

そう口を開いたのは唯だった。

「唯！　やっぱりオレの呼び方を決めるのは唯しかいないよ！」

なんだかんだ言って、自分の気持ちは唯に届いているのだ。

いやはやどんなニックネームを用意してくれるのか――。

「そのまま、青木、でいいんじゃないかしら?」

「……はい?」

青木はぴたっと体を硬直《こうちょく》させた。

なんか、もう、ただ普通に名字をそのまま呼ばれているだけの、気がするのだが。

「そだね、青木は青木で十分だね」

伊織も、うん、と簡単に頷いてしまう。

「ちょ、ちょっと待ってよ! オレの扱いだけ軽んじられてない⁉」

「落ち着けよ、青木」と太一。

「お前はそういうポジション似合ってるよ、青木」と稲葉。

「そ、そんな……。なぜオレだけこんなことに……」

がくり、と項垂《うなだ》れて青木は机に突っ伏した。

酷《ひど》くね?


そんな訳で、今日の文研部で決まったことも皆の呼び方くらいで、重要なことはなにも決まらなかった。

……なにをやってるんだろうな、と思わなくもない。

文化研究部という集まり、それ自体は悪くない気がする。

八重樫太一は、真面目過ぎてお堅いかな、とも思うけどかなりいい奴だ。馴染《なじ》んできたらたぶんもっと面白くなる。

稲葉姫子は、こちらもお堅くてなかなか心を開いてくれなさそうな感じだけど、本質的にはいい奴っぽい。文句言いつつも真面目に部室に来ているし、呼び名だって乗り気じゃなさそうだったけど、みんなを下の名前で呼んでいるし。

永瀬伊織は、可愛いし、明るいし、ノリいいし、完璧だと思う。同級生男子から圧倒的人気を獲得《かくとく》すること間違いなし、って感じだ。……でもどうしてだろう、二人でノリよく話していても、どれだけ楽しそうに見えていても、たまに「あれ？　本当に楽しいと思ってるのかな？」とノイズを受信することがある。……気のせいだろうか？

桐山唯は、とりあえず、可愛い、超可愛い。というかもう別枠だ。別カテゴライズ。だって、好きだし。

正直、後藤に呼び出されて同じ部活になる、と知った時『運命』を感じた。もうクラスが一緒の時点で勝手に感じていたんだけれど、更に確信が強くなった。

教室で初めてその顔を見た時、昔好きだった人に似ているなと思った。それが第一印象。でもその後すぐに『びーん』ときた。魂《たましい》が震えるような、心が痺《しび》れるような感覚だった。まあこっちの方が実質的な第一印象だろう。

顔の作りとか、長くて綺麗な髪の毛とか、小さくて、でも活発そうな体つきとか、外見的に好きな部分は多々あった。

だからそれは、一目惚《ひとめぼ》れなのかもしれない。

でも自分は、世間一般で言う一目惚れをした、とはあまり思っていない。

外見だけではない、言うなればなにかもっと別のものに、一目惚れした、そんな感じがするのだ。

別に、心の中が見えた訳じゃないけど。

自分でもどうしてそう思ったのかわからない。でもそれはとても大切な感覚だと思う。

それがわかれば、人生はもっと素晴らしいものになると漠然《ばくぜん》と感じる。それがなんであるか確かめてみたい。

そんなみんながいる部活。

なにをやるかは決まっていないけど、逆になにをやってもいいんだから楽しそうだ。

なにより唯がいるし、唯がいるし、もう言うことなしだ。

その時、ふと、なんとなく思った。

もし、唯が文化研究部からいなくなるとすれば？

あり得ないと思うけれど、もし仮に、そうなったとして。

自分はこの部活に残るだろうか。

流石に、唯が他の部活に行けば更にそれを追いかけていく、というストーカー行為《こうい》をする気はない。けど一緒の部活に入ったからには、ずっと一緒にやっていきたい。

今、自分が文化研究部にいたいと思えるのは、『唯がいるから』という面が大きい気もする。

ならば、唯がいなくなったとすれば？

それでもまだ自分はこの部活を続けたいと考えるだろうか。

続けたいと思えるほど、皆と自分の方向性を合致《がっち》させて一直線に進むことが、この趣《しゅ》味《み》嗜好《しこう》がバラバラの集団にできるのだろうか。

自分は、楽しければいいと思っている。

でも『楽しい』は、それほど甘いものじゃない。

適当にぶらぶらやっているだけじゃ、各人が自分一人のために動いているだけじゃ、本当の『楽しい』は生まれてこない。

最近そこのところを勘違いしている奴が多くて困る。『楽しい』は『楽《らく》』じゃないのだ。

そんな一筋縄《ひとすじなわ》じゃいかない『楽しい』を、この部活に生み出すことはできるのか。

今のままじゃ無理だろう、おそらく。

それにしても、と青木は思う。

確かに自分は今日の呼び名決めの時みたいな、あんなポジションになることが多い。
けれどこんなに早く、ある集団でその立ち位置にすっぽり収まったのは記憶にない。
他と、この文化研究部は、なにか違っていたのだろうか。
ん？　とそこで青木は気づく。
そういえば、五人で初めて集まった瞬間『びーん』というものを感じた。
初めは唯がいたからかな、と思っていたが、今考えると違うかもしれない。
とするならば自分は誰に『びーん』を感じた。
誰に？
いや、この部活に？
なら、自分は――。

八日目　――稲葉姫子の場合――

気づけば新しい週を迎えていた。
先週一週間の放課後を思い、自分はなにをやっているんだ、と稲葉姫子は猛省《もうせい》する。
なんら意味をなすことをやっていない。ただ馴れ合って時間を浪費《ろうひ》したに過ぎない。

馴れ合いは、なにも生み出しやしない。

待てよ、自分自身は悪くないのに、なぜ自分を戒《いまし》めなければならないのだ。

だんだん腹立たしくなってきた。

今日も自分は部室棟四〇一号室にいて、周りにはお馴染みの四人がいる。……お馴染みだなんて形容ができてしまうことに、また腹が立った。

「第一なんでこんなことになってるんだよ。バカげてるだろあの後藤は」

「稲葉んって『ごっさん』って意地でも呼ばないよねー」

呑気《のんき》な表情で伊織は言うが、無視して稲葉は続けた。

「考えてみろよ。『生徒に了解を取らないで教師が入る部活を強制』って、出すところに出したら問題になるぞ」

けどさ、と太一が口を開く。

「決められた期間中にちゃんとした部活を選ばなかったのは、俺達なんだしさ」

鬱陶《うっとう》しいくらいの正論だった。

「ふん、もう少し時間があったら、パソコン部なり他の部なりから人員を切り崩して情報処理部を立ち上げたんだがな。……お前らがなびいてくれれば楽なんだが」

部活の復活、新設《しんせつ》は本年度の部活動が正式に始まるまでしか行えないので、その望みももう潰《つい》えている。

「仕方ないじゃない、もうこうなっちゃってる訳だし」

唯が溜息を吐く。

「まあ、どうせ無理矢理入れるなら、新しい部活なんて作らないで、普通の部活に入れてくれてたらよかったのに、って思うけど」

「ゆ、唯⁉　おかげでオレと一緒の部活になれたのにそんなこと言っちゃうの⁉」

「あたしはあんたと一緒のクラスになった時点で運の悪さを心底呪《のろ》ってんのよっ！」

唯と青木はもう型にはまりつつある。まだ入学して一カ月だというのに。距離が近過ぎるんだよ。

本当に、よくやる。自分には絶対にできない。

「まあそれも、俺達がごっさん達に『他の部にしろ』って言われた時素直に応じなかったからなんだけど」

「また正論かよ、太一」

太一……。普通に、自分は八重樫太一を下の名前で呼び捨てにしている。なんてことのないようで、なんとなく妙なことだ。自分にとっては。

「ただ、こうなるとわかってたら他の普通の部活を選んでたかもな」

太一が言う。

「なんだ、太一もそう思ってるのか」

また自分は八重樫太一を下の名前で呼び捨てにする。

「それはそうじゃないか？」

「まあ……、だな」

やっぱり、学校の部活動には見切りをつけて、他の幽霊《ゆうれい》部員になってもよさそうなところに入部してしまおうか。

少人数＋部活の人間とクラスや体育の授業でよく会うという条件上、どうもこの部で幽霊部員はやりにくそうだし。もちろん、無理矢理幽霊部員化を強行してもよいが。

部活。自分は部活をなんのためにやるのだろうか。中学の時は帰宅部だったのに。

まあ高校で部活に入った理由は強制されているからの一点に尽きる。

その校則がなければ自分は帰宅部だったと思うし、時間を無駄にすることもなかった。

無駄、そう無駄だ。無駄の塊《かたまり》だ。

馴れ合って、そこになにが生まれる？

唯と太一も、どうやらこの部活に価値を感じていないようだ。

伊織と青木は、楽しければなんでもよさそうなので価値などそもそも考えていないのだろう。だがそれなら、二人とも他の部活でもよいはずだ。

となれば、この部活自体の存在意義はどこに――。

その時、扉が開いた。

入ってきたのは、このしち面倒《めんどう》な事態を作り出した張本人、一年三組担任兼、文化研究部顧問、後藤龍善だった。

「——ってことでもう一回要約するとだな、部活動立ち上げの際はごたごたしてたから簡単に許可下りたんだけど、今になって『お前これ流石におおざっぱ過ぎじゃね？』って問題になって、『やること明確にしろ、なにか形になるものを残さないと部として認められない』と言われちゃった訳だ。じゃないとこの文化研究部を潰《つぶ》して、全員他の部活に転部させるんだとさ」

結構重要なことなのに、後藤はあっけらかんとした口調で話し続ける。

いい加減一度くらい殴ってやろうか。

「なんでお前らが採《と》れる選択肢は二つだ。一つ目は『部としてやることを明確にして、形となるものを残す』……まあ、話を聞いてた感じだと形になるものを残せたら大丈夫ぽかった。で、二つ目が『他の部を選ぶ』。こっちはシンプルだな」

「おい、今更なんだが……この部活って潰してもいいものだったのか？」

稲葉は訊いた。なんとなく、それはダメかなと思っていたのだ。

「ん？　ああ、言っても仮設テントみたいなもんだったし」

「……仮設テントって」と唯が呟いていた。

その程度の、ものだったのか。一応、自分達のために作られた部活だし、人数も公認される最低人数の五人だからと、義理を感じて曲がりなりにもちゃんとやろうとしていたのに。

「ま、そういうことでよろしくな。どうするか決めたら俺のところに来てくれ。この部活を存続させたいのなら時間はないぞ。期限は二日後だ」

「ふ、二日で次に行く部活を探せってのか？」

バカじゃないのか、と思いながら稲葉は問う。

「違うって。二日過ぎたらこの部活を残す選択肢が採れなくなるってことで、他の部を選ぶんだったら、その部をどれにするか決める時間は別にやるよ」

じゃあ頼んだぞ〜、と言い残し、後藤は去っていった。

「ん〜、大変なことになっちゃったね」

後藤のいなくなった部室でまず伊織が口を開き、青木が応じる。

「だよね〜、二日後までにやること決めなきゃなんないしね〜」

「いや、その前に」

稲葉は声を上げて、二人の会話を止める。

「この部活を続ける意味……あるか？」

後藤に言われ、稲葉は気づいた。

意識はしていなかったが、自分達は、暗黙《あんもく》の内にこの部活を潰してはならないと思い込んでいたのだ。そりゃ自分達のためにわざわざ作られた部活だ、すぐに辞める、なんて行動はとりづらいし、潰すなんて言うまでもない。それに、自分の本意ではないとしても、一度は『自分達はこの部活』と決まったのだ。そうなると動きにくくなる。

皆、本当はどこかで、こんな部活でいいのかと思っていたはずなのだ。

自分が望んで選んだ訳では、ないのだから。

皆、本当はどこかで、普通の部活に入った方がいいのではと思っていたはずなのだ。

この部活は目的もなく無理矢理作られたもの、なのだから。

今、皆がこの文化研究部を去る際に障害《しょうがい》となる枷《かせ》が取り外された。

もう止めるものはない。

今までは、ただ流されて文化研究部を続けようとしていた。

それが、積極的に踏ん張らなければ、この部活に残れなくなった。

全くもって状況が逆転してしまった。

そして誰が、踏ん張ってまでこの部活を続けるなんて真似《まね》をするかと言えば——。

「文化研究部……続けないの……稲葉んは？」

伊織が、弱く小さな声で尋ねた。

「アタシは……」

その先のセリフを、紡《つむ》ぐことはできなかった。

「太一は……？　唯は……？　青木は……？」

不安そうな視線を、伊織は巡らす。

「俺は……なんか今までは流されてたけど、よく考えたら積極的にこの部活をやろうとは思ってなかったし……。実は他の奴に部活誘われたりってのもあって……他にも部活変えろって言われたりしてて……」

太一は、その先を口にしない。

「あ、あたしも……別にやりたいことがやれる訳じゃないよなって思ってて。後、結構他の部活に誘われてるっていうのもあるし……。それでこの部活ってなにができるのかなって思ったりしてて……その……」

唯は、その先を言わずに口ごもる。

「オレは……あんまりなにも決めてないかな……今はまだ……」

青木までもが言葉を濁《にご》す。

誰も、文化研究部を続けるつもりだとは、残すつもりだとは、言わない。

「……そっか」

低い声で伊織は呟いた。

伊織が俯《うつむ》く寸前、その顔がちらりと稲葉の視界に入る。

ぞくりと、底冷えするほどの無表情だった。何者なんだ。ただの明るいだけの女じゃないのか？

唯も青木も気まずそうに下を向いている。

殺伐《さつばつ》とした空気が流れた。

稲葉は、皆のことを、見ない。

視界には入っている。でも、見ない。

目から伝達《でんたつ》される情報を、意識的に認識《にんしき》しない。

「……誰が、この部活に入ることを望んだんだよ？　誰もいないだろ？」

稲葉は言う。

なにも見えない。

「だいたいなんだよ、目的も決まってない部活って」

皆の視線が自分に集まったことなど、見えない。

「やる意味、ないじゃないか」

無駄。無駄。無駄。

「全員やりたいことバラバラだろ？　この部に入りたいとも思ってないし、なにか実のある活動を既《すで》にやった訳でもない。この部活への愛着《あいちゃく》もないだろ？」

方向性の異なる者達が、一緒にいる意味とは？

目的を共有しない集団は集団ではない。

単なる人の、群れだ。

「誰が……この文化研究部の存在を望んでるんだよ？」

文化研究部を続ける合理的な理由など、この世界になに一つとして、ない。


その後、特に誰がなにを言った訳でもなく、なんとなく解散になった。

リミットは二日後だというのに、明日、明後日集まろうという話さえしなかった。

稲葉は一人、家路《いえじ》につく。

このままいけば、文化研究部の自然消滅《しぜんしょうめつ》は間違いないだろう。

メンバーは、そんなに悪いものじゃなかった。

八重樫太一は、プロレスバカだったり正直なバカだったり、色んなところでバカだが、真っ直ぐでいい奴だと思う。だいたいバカな奴は基本的に裏表がなくいい奴が多い。愚《ぐ》直《ちょく》過ぎて、バカなことをしでかしそうな奴でもあるが。

桐山唯は、まだガキっぽいし、単純だし、少々頭も弱そうだ。言ってしまえばバカっぽいから、あんまり合いそうなタイプではない。だけど、真面目だし心がピュアなことはとてもよく伝わってくる。いい奴には違いない。

青木義文は、とりあえずバカだ。単純。お気楽。なにも考えてなさそう。バカ。それはそれで、凄いことだとも思うが。……というかバカばっかりだな。

そして永瀬伊織は、明るいし男女問わず人気出るだろうな、と思えるのだが……なにか、腹の中に秘めているものがある、そんな気配がする。今日垣間《かいま》見えた温度の低い表情も気にかかるところだ。案外、腹を割って話してみればこっち側の人間かもしれない。

ともかくも、表面上は嫌な感じのする奴は一人もいない。

しかし、だからといってそれが文化研究部が存在すべき理由になる訳もない。

山星高校の制度の歪《ゆが》みから生まれた、必要とされていない部活。

消えて、しかるべきだ。

第一、自分は部活とかクラスとかそんな無意味な単位など必要としていない。

なんの意味もないのに、所属するところが同じだからと馴れ合うなんて、バカらしい。

そうやって気を緩《ゆる》めるから、危険に晒《さら》されるというのに。最大の敵とは味方であり、そして、自分だ。

なんだか、胸が気持ち悪い。

――自分の中のなにかがそれでいいのかと言っている。

――お前が求める孤独《こどく》は正しいことなのかと言っている。

黙《だま》れ。孤独なんかじゃない。

自分が求めているのは、孤高《ここう》だ。

仲間なんて要らない。

一人で生きられるくらいに強くなれ、強くあれ。

強く、強く。

だから、仲間なんて要らない。

——それにしても、と稲葉は思う。

なんの違和感もなく、それが当然であるようにあっさりと、自分は皆を下の名前で呼んでいた（青木を除《のぞ》く）。

もうはっきりと認めてしまえば確実に、馴れ合っていた。

かつてないほどすんなりと、自分も皆と馴染んでいた。

なぜあの集まりではそんなことになったのか。

自分にも全く理解不能だった。

本当に、気持ち悪い。

胸が、気持ち悪い。

気持ち悪いくらいに、甘くて、温かい。

……甘くて、温かい？

なぜ、甘くて温かい？

甘くて温かいだなんて、全然、気持ちが悪くなるものには思えない。

なんだ、この気持ちは。かつても、いつかどこかで、感じたことがある気がする。

そのたびに自分は、逃げていた気がする。

逃げていたのだ。

でも自分は本当に、逃げたかったのか？

そして、自分は——。

八日目　——永瀬伊織の場合——

誰もいなくなった文化研究部部室——いや、もうただの部室棟四〇一号室か——で、永瀬伊織はぼんやりと天井《てんじょう》を眺《なが》める。

この部室にいた時間なんてほんのわずかだ。なのに、まるで住み慣れた家にでもいるかの如《ごと》く落ち着きを感じる。

演じている訳ではなく。

心の底からそう感じることができている。

そんな気が。

わずかながらしていた。

本当に。

そう本当に。

嘘、みたいに。

頭を戻して先ほどまで皆が座っていたパイプ椅子を眺める。

稲葉姫子は、合理主義で馴れ合い嫌いな、冷たい人間に表面上は見える。けれどあれでいて、実は情に脆《もろ》く熱い心を秘めているのではないか、どうもそんな感じがする。もしそういうところを引き出せたなら、とても面白くなる。

桐山唯は、明るくて元気で、なにより純真《じゅんしん》な女の子だ。自分の感情を素直に表せる女の子はそれだけで素敵だ。憧《あこが》れるし、友達になりたいと思う。

青木義文は、ノリがよくて楽しい奴だ。少々軽過ぎてなにも考えていなさそうなところはあるが、それもある意味美徳《びとく》だろう。それにどうも、なにか強い考えの下あいう振る舞いをしている節《ふし》もある。

そして八重樫太一は、プロレス好きと不器用さが玉に瑕《きず》の好青年だ……と思うのだが、同時にそれだけではないもやもやしたものを感じる。なんだろうか？　なにか危うい、でも強い光……みたいな気配もするのだけれど。よくわからない。

とにかく全員、個性的でとてもいい人間達だ。

彼らからは色々なものが得られそうな気がする。
しかし皆が集まるための、皆をつなぎ止めるものはもうなくなってしまった。
文化研究部に求めるものなど、誰もなにも持っていなかったのだ。
確かに自分にだって、文化研究部に求めるものはないのだ。
自分に、求めるものはない。
自分は、なにを求めたいかもわからない。
なにも、ないのだ。
そう自分には、なにも。
自分はそんな人間だ。
だけど、自分にも感じる部分はある。面白いと思う場面もある。
ここは凄く面白いところになるのではないか、あの四人からはそんな空気を感じた。
そこに自分が必要かどうかは、ともかく。
楽しい奴らだった。
面白い奴らだった。
でも、もう、『だった』だ。
なにかが変わる気がしていた。
泥沼に沈んでいる自分が浮かび上がる感覚があった。

でもそれは、自分の勘違いに過ぎなかったらしい。

本当に。

そう本当に。

嘘、みたいに。

九、十日目　――八重樫太一の場合――

後藤から新たな選択を突きつけられ、気まずい雰囲気で文研部の皆と解散した翌日、八重樫太一は友人の渡瀬伸吾《わたせしんご》に連れられてサッカー部を見学に行った。

「なんでまたこの時期に？　部活が合わないから転部しようっていうのはもう少し先だろ？」と先輩達に首を傾《かし》げられはしたが、事情を説明すると「お前面白いな」と快《こころよ》く受け入れてくれた。見学だけのつもりだったが少し練習にも参加させて貰えた。

夕食の時家族にそのことを話すと、母親には「せっかくだったら野球続けたらいいのに。まああんたがやりたいんだったらサッカーでもいいけど」と言われ、妹には「お兄ちゃん、今の時代は野球よりサッカーだよ！　いい！　凄くいいよ！　キテるよお兄ちゃん！」と褒《ほ》められた（最近サッカー選手の誰々が格好よくて、海外移籍で年俸《ねんぽう》がやばいと騒いでいたのでその影響だと思う）。

ちなみにその日は、桐山と青木とは顔を合わさなかった。

そして教室で顔を見かけた永瀬と稲葉とも、一度ずつ「おう」と声をかけただけで、会話をすることはなかった。


更に翌日になった。

今日までに『続けたい』という意思表示をして『こういうことをやる』と打ち出さなければ、文化研究部は廃部《はいぶ》となる。

最後に集まってから、太一は皆と会話をしていない。元々皆とした会話の大半は部活中で、部活外ではそこまで話したこともなかった。

誰も積極的に踏ん張ろうとしていない、積極的なアプローチをしていない。

文化研究部がなくなる流れは、変わりそうもない。

本当にわずかながらも共に時を過ごした、文化研究部の初期にして最後のメンバー五人も、各々《おのおの》違った部活にいくのだろう。

もちろんクラス替えや学校行事で一緒になる可能性はゼロではないが、五人の線がたった一点で交わることは、おそらくもうない。

その日一日中、太一はぼーっと考えていた。

稲葉も言っていたが、文化研究部に愛着はない。愛着ができるほどの期間を過ごした訳でも、イベントがあった訳でもない。皆で「こうしよう、こういうことをやろう」と約束をした記憶もない。

もちろん文化研究部のみんなはいい奴らだと、面白い奴らだと思う。

また話したりなにかやったりできたらなとは思う。

でも、それだけだ。

積極的に文化研究部を潰そうという意思もない。けれど積極的に文化研究部を存続させる熱意もない。

気がついたら放課後《ほうかご》になっていた。

「八重樫ー。今日も見学来るだろー？　つーかもうサッカー部入っちゃえよ」

渡瀬に誘われて、生返事しながら太一は立ち上がる。

自分よりも前方の席に座る永瀬と稲葉の後ろ姿を、少しの間見つめる。

太一は声をかけず、渡瀬と共に教室を出た。

運動場隅の更衣室《こういしつ》に到着し、他の一年生に交じって着替えを始める。上級生は部室を使っているのでここにはいない。

山星高校のサッカー部は、練習はそこそこハードながらも、上下関係が厳し過ぎずアットホームな雰囲気の部活だった。同級生の男子も多く、友達もできそうだ。
体裁《ていさい》もいい。文化研究部を「なんだそれ？」と批判的《ひはんてき》に見る親も妹も納得してくれる。
誰かに部活の話を振られた時困ることもない。体も適度に動かせて健康的だ。それにま
あ……運動部、特にサッカー部なら、『モテる』というおまけもついてくるはずだ。
なにより部活なんてもう高校でしかできないのだから、運動部に入るのは絶対にいい
ことだ。そこでしか得られないものが、できないことがある。
よし、切り替えよう。
もう文化研究部のことは忘れて――。
――その時、太一のズボンの右ポケットが、震えた。
携帯電話の、バイブレーションだ。
どくん。
心臓《しんぞう》が跳ねた。
もしかして、誰かから電話かメールが来たんじゃ。
いや、と太一は思い直す。
みんなとはまだ、アドレスや番号を交換していない。
そうだ、自分達はまだその段階にも達していなくて。
待て。

今自分は、誰から連絡があると思った？

誰から連絡があったと思って胸を躍《おど》らせた？

自分は誰かの連絡を待っていたのか？

そして、自分は——。

バイブレーションはまだ作動し続けている。

その長さからしてメールではなく電話のようだ。早く出た方がよさそうだ。

携帯電話を取り出して、開く。

しかし電話と思っていたら、違った。スケジュール機能で登録しておいたアラームが作動していたのだ。

ディスプレイの文字を見る。


『文化研究部　期限　今日まで』


いつ登録したのか、自分でも覚えていなかった。

たぶん後藤にあの話を聞かされた日に、登録していたのだと思う。

過去の自分はなにを思って、未来の自分に向けてアラームを登録したのだろうか。

なにも考えていなくて一応登録していただけなのか。

それとも――。

まともな部活に入る方が、正しい。

そう、絶対に正しい。

合理的だ。論理的だ。道理に合う。妥当《だとう》だ。科学的だ。納得できる。説得力がある。

理性的だ。賢明《けんめい》だ。理にかなっている。自然だ。適切だ。

正しいのだ。

正しいはずなのだ。

でも、正しいのなら。

どうして、こんなにも、喪失感《そうしつかん》に、苛《さいな》まれるのだ。

文化研究部が、生まれてからわずか十日で消えてしまう。

その事実がずしりと肩にのしかかる、ぐらりと足下を揺らす。

自分が文化研究部に関わったのは、たった十日。当然土日は除く。しかも活動時間は放課後の数時間のみ。

それはあまりに短い時間だ。大したこともやっていない。本当にただ話していただけ。

でも、たったそれだけなのに、なぜかかけがえのないものに思えて、大切なものが、手から零れ落ちていくかのようだ。

これはなんだ？

わからない。わかりそうもない。言葉にできる気配もない。

でも、それでも。

「……おい、どうしたよ八重樫？　早く着替えろよ」

確かに今自分が、心の底から望むことは。

「……悪い渡瀬。俺……、用事を思い出した」

渾身《こんしん》の力で踏ん張りたい。

「は？」

「……とにかく、すまん。また後でちゃんと話すからっ」

熱意を持って積極的に守りたい。

そう思えるものが自分には、ある。

「おい、ちょっと待て——」

渡瀬の返事を待たず、太一は更衣室を飛び出した。後でちゃんと話そう。

そして歩く。

ざくざくと足を踏みならして。

だんだんと早足になって。

真っ直ぐに、脇目も振らず、ただ自分の欲求が赴《おもむ》くままに、太一はあの場所を目指す。

最後は小走りになって、部室棟に辿り着いた。

時間は大丈夫か？
今から行ってどうする？
誰にもなにも言っていないのに？
誰もいないだろ？
今更なにができる？
様々な疑問が頭をもたげる。でも歩みは止めない。
階段を一段一段踏みしめて、上へ、上へ。
合理的に考えれば？
常識的に考えれば？
なんの有意があって？
なんの価値があって？
色んなしがらみが、体を絡《から》め取ろうと伸びてくる。
でもそれは、こちらを飲み込めそうなくらい強く見えても、実は脆弱《ぜいじゃく》な力しかない。
強い意志を持って引きちぎろうとすれば、障害《しょうがい》にもならない。
階段を登る。
踊り場。
階段を登る。

一段飛ばしで、最後の階段を登り切った。
四階。
廊下を進む。右の端へ。
四〇一号室へ。
扉を開く。

「お前が最後とは、意外だったな」

そう言ったのは、稲葉姫子だった。
しかも、部室にいるのは稲葉だけではなかった。
永瀬伊織がいる。
桐山唯がいる。
青木義文がいる。
そこには、文化研究部のメンバーが勢揃《せいぞろ》いしていた。
みんなが、いた。
「いやこれホント凄くね⁉　ホント凄くね⁉」
席から立ち上がった青木が騒がしく叫んだ。

隣で目をまん丸にしている桐山も声を漏らす。

「あはは……誰も今日来ようって言ってなかったのに……約束もなにもないのに……全員集まっちゃった」

更にその横では、永瀬がなにも言わずに笑みを深めていた。

その笑顔はどこか切なげで、儚《はかな》げで、でもとても満足げで、太一は思わず見惚《みほ》れてしまった。

「……というかなんで、みんなここに？」

太一が尋ねる。

もしかしたら一人くらいは誰かいるかもしれない。そうは思っていたが、まさか全員いるとは想定外だった。

「それならお前も、だろ？」

「いや特にお前が一番わかんないんだよ、稲葉。一昨日あれだけ言ってたのに」

太一が聞くと、稲葉は弱ったように、そして恥ずかしそうに顔をしかめて横を向く。

「だ〜か〜ら〜、太一〜？　そんな直《ちょく》に訊かなくてもいいんじゃないの〜？」

ジト目で永瀬が睨んでくる。

「……すいません」

「まあ……、アレだ。なんだ。アレだ。アレなんだよ結局」

視線を上へ下へやりながら、稲葉がバリバリと頭を掻《か》く。

「稲葉ん？　別に答えなくてもいいんじゃない？」

永瀬にそう言われ、一旦は言うのをやめようとした稲葉だったが、いや、と頭を振ってからやっぱり『それ』を言葉にしてくれた。

「……なんとなく、だ」

なんとなく。

「ははっ」

思わず太一は笑ってしまう。

「なっ……笑うなよっ！」

「いや、違うって。別にバカにしたんじゃなくて……『それだ！』って思ったんだ」

メリットデメリットを合理的に判断するならば、絶対に文化研究部じゃなくて他の普通の部活を選んだ方がいい。

合理的に考えることは、とても大切なことだ。無視しない方が、正しい道に間違いなく進むことができる。

でも、どんな合理的な理由だって、たった一つの感覚に敗れ去ってしまうことがある。

それが、『なんとなく』だ。

なんとなくなのだ、本当に。

なんとなく自分は、みんなと一緒にいたいと思った。

部活の内容とか、他の色んなものを、度外視《どがいし》しても構わないと感じた。

けれど『本当の友達』になるような人間との繋がりは、そういうものだと思うのだ。

本当の意味で友達となる人間を、合理的に損得勘定《そんとくかんじょう》で選ぶだろうか。

間違いなく選ばない。そんなもので選ぶ友達は、本当の友達ではない。

経験則で言ってもそうだ。小・中で、仲のよくなった友達との間に、なにか合理的で理論的なものなどあったろうか。

ただなんとなく、ウマがあった、結局は全てそこに落ち着くのだ。

劇的《げきてき》ななにかがなくたって、ただ気づいたら、友達になっている。

でもそんな『なんとなく』は強い。

『なんとなく』の絆は破れない。

『なんとなく』は理論や理屈を打ち砕く。

『なんとなく』は方向性の違う者達だって一緒くたにしてしまう。

『なんとなく』はかけがえのないもので――。

「あ」

と、そこで太一は大事なことに気づく。

なんとなく、言葉に出さずともわかっているんだ、みたいに思っていたが、ちゃんと口に出してはいなかった。

「そういえば確認してなかったんだけど、みんなって、この部活を続ける意思を固めてるのか？　それともまだ迷っていて、今後どうするのかの話し合いを——」

「おいおい、太一」

太一のセリフを、青木が遮《さえぎ》る。わざとらしく気取って、さらりと髪を掻き上げた。

「今更それを訊くのって無粋《ぶすい》なだけじゃん？」

青木が言うと、他の三人も、頷いた。

本当に、無粋だったと思った。でも……。

「……青木にそれを言われたのがなんか嫌だ」

「なんで!?　オレにはなにがあるの太一!?」

「そんなことよりさ」

「唯!?　オレにとっては結構重要なことだと思うよ!?」

「あー、うっさいのよ。で、なにやるか決めないと不味《まず》いんでしょ？　今日中に」

「あっ、確かにオレのことより重要だ！」

「うん、ヤバイよね。なんとか形があるものを用意しないと……」

永瀬が真面目な顔をして呟き、皆で「う～ん」と唸《うな》り出す。

思えば先週は一週間丸々考えていたのに、なにも思いつけずにいたのだ。

「あー……、その件なんだが」

と、稲葉が控えめに声を上げた。

「どうしたの、稲葉ん？」永瀬が問う。

「実は、いや、偶然思いついただけで大した労力はかけてないんだが……本当に頑張ってなんかないぞ？　本当だからな？」

「どうしたんだよ」

もったいぶるので今度は太一が尋ねる。

「せかすなバカ、……まあなんだ、簡単に言えば、部活の内容はもう考えてある」

「嘘⁉　流石稲葉ん！　仕事が早い！」

「稲葉……やる気満々じゃないか……痛っ⁉」

稲葉にど突かれた。女子にど突かれたことなどあまり記憶にないぞ。

「やる気満々とか言うんじゃねえよ太一！　てかそんなんじゃねえよ！」

「あ〜、稲葉んが照れてる〜。ふぅ〜」

永瀬は凄く嬉しそうだ。

ぐっ、と稲葉は顔を赤くして歯噛みする。

「で、稲葉、それってなんなの？」桐山が訊く。

「……まあ端的に言えばだな、アタシ達で学校新聞を作って発行しちまえって話だ。うちの新聞部とやってることは一緒なんだから、間違いなく認可はされるはずだ。それに各々が好きに記事を作って寄せ集める形にすれば、みんな好きなことができるだろ？」

「な……！　完璧じゃないですか稲葉っちゃん!?」

青木が叫ぶ横で、永瀬も納得したようにぽん、と手を打った。

「なるほど、『文化研究部新聞』って訳か！　『既存の枠にとらわれない、様々な分野における広範な文化研究活動』ってのが部の掲《かか》げてることだし、それをみんなに伝えるって至極《しごく》真っ当な流れだね！」

しかしそこで永瀬は眉間《みけん》にシワを寄せて悩み出す。

「でも『文化研究部新聞』か……長くて言いにくいな。略称《りゃくしょう》を考えた方が……てか元々の文化研究部にも略称あった方がいいよね？」

「あ、それあたしも思う」桐山も同意して頷いた。

「うーん……文化研究部……ぶんか……けんきゅう……ぶん・けん……！」

悩んでいた永瀬がぱっと顔を明るくした。同時に括られた後ろ髪がぴこぴこ跳ねたように見えた。

「文研部ってどう!?」

文化研究部、略して文研部。

活動内容、文研新聞の発行。

「文研部か……悪くないな」稲葉が言う。

「伊織ちゃんネーミングセンスいいねー」

「ぶ・ん・け・ん・ぶ。あれ……これ可愛いかも⁉」

青木と桐山の感想に続き、

「いいと思うぞ」

太一も言った。

文研部。

自分達五人は今日から文研部の部員だ。

「よしっ、じゃあこれでごっさんのところに行けばいいって訳ね」

桐山が、がたりと席から立ち上がる。

その横で背筋を伸ばして椅子に座ったままの稲葉が口を開く。

「確か部長と副部長も決める必要あったよな？　書類を埋《う》めるためにとかなんとか」

そういえば後藤が言っていたな、と思いながら太一が応じる。

「どうやって決めるのがいいだろうな？　立候補《りっこうほ》か推薦《すいせん》か……」

「はい！　オレは立候補がいいと思います！　ちなみにオレが立候補する訳じゃないので間違えないように！」

「いやいやここはもっと公平に」

ちちち、と永瀬は指を振る。

「じゃんけんにすべきだよ」

「じゃんけんは適当過ぎるだろ⁉」稲葉がつっこみを加える。

「いーの、いーの、じゃあいくよー！　最初はグー、じゃーんけーん――」

皆あたふたしながら、それでも永瀬のかけ声に備えて拳を握り。

「ぽんっ！」


――ん、これ勝った奴がやるのか負けた奴がやるのかどっちなんだ？

――ああっと、それ決めてなかったなー、じゃあもう一回……。

――伊織ちゃん……もしかして自分が一人負けしたからってそんなことを言ってるんじゃ……。

――ぎくっ！

――伊織、お前部長やれよ。

――よろしくねっ、伊織部長っ。

その後、正式に学校からの認可がおり、山星高校文化研究部が生まれた。

ふたりぼっちの友情

「あ～、いいお天気でまったりしちゃうわね～。最近道場《どうじょう》に続けて行ってたしな～」

「そうですねぇ～、唯先輩《ゆいせんぱい》」

パイプ椅子《いす》に腰かけた桐山《きりやま》唯と円城寺《えんじょうじ》紫乃《しの》がほや～んとした顔でお喋《しゃべ》りしている。

今日も平和だな、と稲葉姫子《いなばひめこ》は思う。

山星高校部室棟《やまぼしこうこうぶしつとう》四〇一号室。広くもない部室に七人もの人間が集まるのは鬱陶《うっとう》しいか、とも予想していたが、慣れてくるとどうということはなかった。毎日全員が揃《そろ》う訳でもないし、今の部員数がこの部室にはちょうどいいのかもしれない。

文化研究部《ぶんかけんきゅうぶ》に新入部員が訪《おとず》れてから、もうすぐ一カ月だ。新年度を迎え、七人体制となった山星高校文化研究部。とは言えやっていることは去年と変わってない。

各人《かくじん》好きなことを好き勝手やる、それが文研部《ぶんけんぶ》のルールだ。

目の前の席で八重樫太一《やえがしたいち》が教科書とノートを広げて勉強しており、その横で珍《めずら》しく永《なが》瀬《せ》伊織《いおり》も勉強に取り組んでいる。

「確かに面倒《めんどう》な課題だ……。が、わたしの手にかかればこんなものちょちょいのちょいそーさ！　うおおおお！　解《と》ける！　解けるぞっ！」

伊織は随分《ずいぶん》調子よく飛ばしているが体力は持つのだろうか。

視線を斜《なな》めにスライドすると、将棋《しょうぎ》の盤《ばん》を凝視《ぎょうし》しながら青木義文《あおきよしふみ》が唸《うな》っていた。

「うぐぐ……こいつは……どうしたら……」

対面に座るのは宇和千尋《うわちひろ》だ。

「いや、もう詰んでるんで」

千尋は雑誌を読みながら答える。ちなみに初めから千尋は雑誌を持ったままの文字通り片手間であった。

「違う！　まだ……逆転の目が。例えば千尋が『待った』を許してくれたら……」

「それ、逆転って言わなくないですか？」

言い様の冷たさがツボにはまって、稲葉は少し口元を緩《ゆる》めた。

これでいいのかな、とたまに迷う。

でもこれでいいんだよな、で結局は落ち着く。

当初は一年生に示しをつけようと、もっともらしい活動に取り組む時もあった。しかし決められた目標もない訳で、怠《なま》けはすぐに出た。一カ月も経たない内に「先輩っ、今日やることはなんですかっ」「う〜ん、特にないかな」「……え!?」という会話が繰り広げられるようになり、五月下旬の今では『部室に来ても各自好きなことをやるだけ』のスタイルが不動《ふどう》のものになっていた。月一で『文研新聞』の発行はあるが、六月に上げなければならない原稿《げんこう》の締め切りにはまだ余裕《よゆう》がある。

「あ〜〜〜〜〜、やめたっ！　後でやるから勉強おしまい！　みんなでなんかしよ！」

予想通り伊織が息切れを起こした。勉強でかなりストレスが溜《た》まっているようだ。

「ほら太一も太一も」

伊織が太一の体を揺する。

「ま、待て。もう終わるから……」

そのやり取りにすぐ青木が反応した。

「賛成《さんせい》賛成！　んでなにする、なにするっ⁉」

「青木さん、なにかするのはいいんですけど、先に負けを認めてくれません？」

「いっ……嫌だっ！　オレはお前にだけは負けたくないんだっ！　言っておくけど勝負がつく前だからこの勝負ノーカンな！　へっへっへっ」

「でもあたし～、今日はまったりしたいなぁ～。てか青木ださっ。ねえ紫乃ちゃん」

「はい～。青木先輩しょぼっ。お菓子《かし》食べてお茶飲んで～」

「唯に紫乃ちゃん⁉　まったりしながら間に早口で罵倒《ばとう》入れないでっ⁉」

「じゃあお茶しながらトークしようよ！　お菓子お菓子！」

伊織が立ち上がって、棚《たな》に置いてあるお菓子を取りに行く。

「トークって、つまりいつものようにダラダラするだけ……」

「ものは言い様なのだよ、太一君。あ、じゃあ飲み物買ってきまーす。稲葉ん経費《けいひ》につけといてねー」

「はいはい。二リットルの安いやつにしとけよ！」

伊織がばたばたと部室から出ていった。

「なんとなく……稲葉はいい奥さんになりそうだな……あ」

太一が思わず口に出してしまった、という顔をした。

「い、いい奥さんだなんて……！　そんな……当たり前じゃないか、えへっ」

やばい。やばい。今の嬉《うれ》しい。脳内録音《のうないろくおん》完了。リピートローテーション入り決定。

無意識に出てきた言葉とか本心以外のなにものでもないじゃん！

喜びに浸《ひた》っていると、唯が口を開いた。

「でもトークって言われて畏《かしこ》まると、変に話せなくなる感じあるわよね。あ、そういえば紫乃ちゃんと千尋君は学校どうかな。友達できた？　親友になれそうな人いる？」

「意外にすぐ話題が出てきたな桐山」

太一がすかさずつっこんだ。つっこみポイントを見逃さないとは流石《さすが》だ。

「が、学校ですか？　うんと……、友達はちゃんとできたんですけど、まだ親友ってほどじゃ……ないと思います」

「以下同文です」

「まだ学校始まったばっかだしねー。そういや稲葉っちゃんと伊織ちゃんは、この頃から異様に仲よかった記憶あるけど」

青木が稲葉を見て言う。

「アタシと伊織が？　それはお前と唯とかだって同じだろ？」

「あー、それは肯定したいとこなんだけどさ。でも表面上だけでなく、こう、もっと深いところで繋《つな》がってる感じがさ」

「深いところ、ね」

本当に、そういうところには勘《かん》の働く奴だ。

「特に稲葉は初めの方、ちょっと壁作ってたしねー」

唯も言う。

壁を作る。そうだ、自分はそんな人間だった。

「あ、思い出した」と呟いてから、太一が話し始める。

「いつだったか、稲葉と永瀬の間にはまだ俺達に語ってない友情秘話がある、って言ってなかったか？　まだ聞かせて貰ってないんだが」

「なにそれ!?　聞きたい！　聞きたい！　紫乃ちゃんもだよね!?」

「はっ、はい！　ぜ、是非《ぜひ》とも！」

まったりモードだった唯と紫乃のテンションが急に上がった。

「食いつきいいなお前ら」

大勢に広めることでもないと思うのだが……。

「まあ太一に頼まれたら仕方がないな～」

「ん？　俺が頼んだっけ？」

あれ？　太一が聞かせてくれと頼んだ感じがしたのだけれど。

「ん〜。稲葉の耳に、太一以外の言葉が届きづらくなっているのはよくわかったわ。ま、それはいいから聞かせてよっ」

「ああ」

いやでも、本当に、ちょっと話してみてもいいと思ったのだ。

今日は、あの日からちょうど一年になる。

自分自身、これを機会に一度振り返ってみたかった。

それにどうせ、あの時の出来事を話しても、あの時の心情まで伝えられやしない。

二人の気持ちは、二人だけのものだから——。

＋＋＋

高校が始まって一カ月半経てば、クラス内のグループ分けも落ち着くべきところに落ち着く。

席が近かったり、中学が同じだったりで一緒にいた面々が、だんだんと自分達が本来所属《しょぞく》すべきグループに分かれていく。まるで自然の摂理《せつり》だな、と稲葉姫子は感じる。

クラス内でどの立ち位置を取るか。それは高校生活を左右する重要な問題である。学校という特殊《とくしゅ》なルールに支配される『村』では、周りとの関係が全てだ。

そんな社会の中で稲葉は、女子にしては拘束《こうそく》が少なく、女子特有の嫌な部分も薄い、穏《おだ》やかな面々が集うグループにしれっと紛《まぎ》れ込んでいた。

意外と大人しめな子達の方が嫉妬心《しっとしん》や意地汚い心を持つ場合もあるが、そのグループの面々は縁遠《えんどお》そうに思えた。

しかし所属していると言っても、しいて挙《あ》げるとするならば、である。その子達と遊びに行く訳ではないいし、他のグループの人間と絡《から》む機会も多かった。

ちゃんと戻る家を持ちつつもふらふらと他グループとも絡み、踏み込んではいけないラインを見極めながら自分の言い分ははっきり主張する、だから皆にも一目置かれる。

それが自分、稲葉姫子が狙い定《さだ》めたポジションであった。

「稲葉さん？　ぼうっとしてどうしたの？」

食事を共にする女子に声をかけられた。

「……え、ああ。ごめん。考えごとをしてた」

そう言ってから、食べかけのパンを齧《かじ》る。五人で昼食をとっているのに、一人で物思いに耽《ふけ》ってしまった。

「稲葉さんってよく一人で考えごとしてるよね」

「そうそう、思索に耽ってるって感じで。なんか格好《かっこう》いい」

「ぼうっとしてるだけで格好いいと言われるとは、アタシも得してるみたいだね」

あははー、と女子達が笑った。ぬるい笑いだ。

今のところ試《こころ》みが上手くいっているのは、この子達によるところが大きい。自分が渡り鳥のような真似《まね》をしても、帰ってくれば迎え入れてくれるのだ。とても感謝している。

このまま進められれば思い通りいくだろう。ちょろいもんだ。初めさえ注意深く振舞い、一目置かれるイメージと、出しゃばり過ぎないイメージをつけておけばいいのだ。

後はなんなく、無難《ぶなん》に、波風を立てずに過ごしていれば、高校生活は安泰《あんたい》……。

「そう言えば稲葉さん。文化……探求部《たんきゅうぶ》だっけ？　の活動は今どんな感じ？」

「文化研究部、な。相変わらず……みんな好き勝手やってるよ」

順風満帆《じゅんぷうまんぱん》な高校生活。唯一の誤算《ごさん》が、文化研究部への加入だった。

あんな部活に入るつもりはなかった。なのに入部してしまった。

あんな部室に入《い》り浸《びた》る必要はない。なのに足が向かってしまう。

「来月も新聞出すんでしょ？　楽しみにしてるよ」

「趣味《しゅみ》丸出しでやっかいな代物《しろもの》だけどな」

なにをクソ真面目《まじめ》にやっているのだと悩むこともあった。けれどもう、その悩みも今は遠くへ出張中《しゅっちょう》である。行こうと思うのだから、行っていいだろうが。ああいった人生を謳歌《おうか》する面子の中で居場所があるのも、存外《ぞんがい》居心地がいいものだった。

皆、本当にいい奴である。唯も、太一も、青木も。

ただ、一人だけ。

稲葉は視線の先を変える。

教室の真ん中で、永瀬伊織を含む女子グループが昼食をとっている。

永瀬伊織という人間だけは、本質を摑《つか》みあぐねていた。

高校で出会った人間の中で、いや、下手をすると今まで出会った人間の中で一番、なにを考えているかわからない。

しかしそれもおかしな話だなと思う。見た感じでは、伊織ほどわかりやすい人間もいない。明るく楽しく元気のいい女子に見える。だが……。

伊織は周りの友達と、大きな声で話している。ボケを言ったのだろうか、他の皆がどっと笑った。

「また稲葉さんぼうっとして……あ、伊織ちゃん見てたの？　同じ部活だよね？」

「ああ、うん」

曖昧《あいまい》に返事をすると、他の女子もこの話題に食いついた。

「伊織ちゃんみたいな可愛い子と友達っていいなー。羨《うらや》ましい」

「友……達？」

「え？　友達でしょ？　部活一緒だしクラスでも話してるし」

「そうだけど……まだ友達では、ないかな」

「えー、稲葉さん友達のハードル高いなぁ」

「ねー」と皆が言い合う。

もしかして、わたし達のことも友達と思ってないんじゃないの――。と、冗談めかして言う人間は誰もいなかった。ぬるま湯のおかげで助かった。

でも、皆が薄々《うすうす》そう疑っているのは感じられた。

沈黙《ちんもく》が落ちる。

少々、まずったか。

「ところでさ、皆は部活で――」

当たり障《さわ》りのない話題を振り、稲葉は失態《しったい》を誤魔化《ごまか》した。

と、視線を感じる。

振り返る。

永瀬伊織が、こちらを冷たい顔で見つめていた。

自分にとっての友達とはどんな人間なのだろう。

表面的な意味合いだけでいいなら友達と言える存在はいる。

でも少なくとも自分は、本質的な友達だとは考えていない。

——稲葉さん友達のハードル高いなぁ。

違うんだ。そういう意味じゃなく自分は、自分みたいな人間は、誰かに踏み込むのが恐い。踏み込まれるのが恐い。

だから友達を作れない。

そりゃ将来はちゃんとパートナーを見つけて、結婚なぞ、しなければならないけれど。

今は少しも誰かを好きになるとか、恋愛とか、考えられる気すらしない。前段階さえまともに築《きず》けていないのだから当然だろう。

この高校生活の間に、自分が誰かに惚《ほ》れてぞっこんなんて事態になったら、それこそお笑い種だ。自分で爆笑《ばくしょう》してやろう。

「稲葉んっ、部活行こうよっ！」

放課後になってすぐ、伊織が声をかけてきた。

ぱっちりとした二重《ふたえ》の瞳《ひとみ》に、通った鼻梁《びりょう》、白く透明感のある肌に、後ろで括《くく》られてある絹糸《きぬいと》の如《ごと》く柔らかな髪。女子の自分から見ても、魅力的《みりょくてき》で目を奪われる外見だ。

なりたいとは、思わないが。

「おー、伊織は今日も部活か！　わたし達書道部《しょどうぶ》並みに頑張ってるじゃないかい！」

テンション高く中山真理子《なかやままりこ》が話に加わる。ツインテールが揺れている。

「わたし達と同レベルとはやるな書道部っ！」

「そっちこそ！　我が戦友よ！」

ついていけないノリを発揮《はっき》し、二人ががしっと握手《あくしゅ》する。

伊織と中山は波長《はちょう》が合うらしく、いつも仲よくじゃれ合っている。

「じゃあ行こうかい稲葉ん」

ばいばーいと中山に見送られながら、稲葉と伊織は連れだって教室を出た。

部室棟に向かい、黙々《もくもく》と歩を進める。

二人並んでスタスタと歩いていく。

進んでいく。

……あれ？

エアポケットに入り込んだみたいに、急に会話が途絶《とだ》えた。

いや、常に喋っていろという訳ではない。でもさっきまでテンションの高かった伊織が、突然黙《だま》るのは違和感《いわかん》があった。

自分と二人だからだろうか。……そういえば、伊織は自分にもテンション高く絡んでくるが、それは他に誰かがいる場面であって、二人きりの時は随分《ずいぶん》大人しい気がする。

確かにテンションが合う感じはしない。つまらないからと、嫌われている？

「すまんな伊織。アタシと二人じゃつまらなくて」

遠慮《えんりょ》せずに稲葉は述べた。はっきりと言い切った上で対応策を探るのが自己流だ。問題があるからと腫《は》れ物にして扱うのは、愚《ぐ》の骨頂《こっちょう》であろう。

「……へ？　なにいきなり謝ってんの？　意味わかんないよ」

「アタシと二人だと静かなことが多いからさ」

「ああ……うん。でも稲葉ん、そっちの方が好きでしょ？　え、間違ってる？」

「間違っては、ない、けど」

「じゃあよかったよ〜。わたしまったりするのも嫌いじゃないし〜」

朗《ほが》らかに言って、伊織は軽くスキップをした。とても嬉《うれ》しそうだ。

数歩先に行った伊織を見て、稲葉は思った。

なんだコイツ？　予想もしなかった返答に戸惑《とまど》ってしまう。

警戒心《けいかいしん》を覚えた。……いや、普通に考えれば警戒するポイントなどないと思う。ただ、お前は喋り過ぎない方が好きな奴だろうから、お喋りは控《ひか》えめにしていたんだと告げられた。それだけの話だ。

でもなぜかそこには、もっと恐ろしいものがある気がしたのだ。

部室棟に到着し、階段を登っていく。四階までは結構しんどいものだ。

「四階分登るのは大変だよね〜」

言った割に伊織は、息が切れている様子もない。こちらの様子を見て、そう言ったか。

四階に辿《たど》り着いたところで稲葉は声を発する。

「オイ、無理にアタシに合わせなくていいぞ。別にアタシは、お前になにを求めている訳でもな――」

振り返った伊織の顔面を怯《おび》えの色が支配している。

……ような気が一瞬したが、次の瞬間には伊織はいつもの微笑《びしょう》をたたえていた。

「無理、って？」

伊織は笑って首を傾げ、部室に入っていった。

なぜかぞっと背筋が冷たくなった。

同時に確信する。

永瀬伊織にはなにかがある。

それに稲葉は、甚《はなは》だしく嫌悪感《けんおかん》を覚えた。

なぜそこまで拒絶したくなるのか？　よくわからない。

ただそれは自分に向けて突きつけられているように思えた。

翌日から伊織を警戒の目で見るようになった。

伊織は誰とでも気さくに話し、いつも楽しそうにしていた。

ただ誰も見ていないところで（正確には自分だけは見ているが）、不意に冷たく静かな表情を見せる時があった。

その度に稲葉は名付けがたい感情に苛《さいな》まれた。

ぞっとして、同時にイライラもする。

感情の正体がわからなくて、気味が悪かった。どうしてここまで過剰《かじょう》に反応する必要がある？　ただの、同級生一人の存在をなんだと思っている？

「ようっす稲葉ん！」

教室内を移動中目が合って、話しかけられた。テンションの高い伊織だ。

「おう。……つかお前、好き勝手やるキャラに見えて、実は周りに合わせる奴か？」

観察《かんさつ》していて感じたことを、述べる。

「え、と。ノリはいい方なんじゃない？」

伊織は完璧な笑顔で、微妙に焦点《しょうてん》のずれた回答をした。

「ま、そうだな」

稲葉は伊織の横を通り自分の席へと向かう。自分は多少無理をしても情報を得、相手を見極めようとするが——ちゃんと把握《はあく》しておかないと不安になるのだ——侵《おか》してはならないラインは弁《わきま》えている。この領域《りょういき》、これ以上踏み込まざるべきか？

「てゆーか」

背後から届く声に、振り返る。

「ばしばし本音言っちゃうキャラに見えて、実は稲葉んも……だよね？」

──実は稲葉んも……だよね？

脳内で伊織の声が再生されて、稲葉はぎりと爪を噛《か》んだ。癇《かん》に障《さわ》る。癪《しゃく》だ。まるでこちらを見透かしているかの如《ごと》く伊織は言っていた。お前になにがわかる。こちらがお前を見抜いているのだ。どうしてか、やたらとムキになってしまう。

教室内で、相変わらず伊織は誰とでも楽しそうにしている。授業が終わった今は、藤《ふじ》島《しま》麻《ま》衣《い》子《こ》と話していた。

「いいえ、私は結構よ」

「え〜、藤島さんお堅《かた》いな〜」

「だって私は学級委員長だもの」

「む〜残念っ。ていっていっ」

「ちょ、ちょっと永瀬さん。そんな体に触《ふ》れられたら私の秘めたるリビドーが……」

悪意なく、親しみを込めて伊織はじゃれ合っているように見える。

しかし伊織が猫を被《かぶ》るいけ好《す》かない野郎という疑いは強くなる一方だった。

稲葉は鞄《かばん》を持って立ち上がると、伊織に声をかけず一人で部室に向かった。

部室には一番での到着だった。ノートパソコンを開く。

一人でパソコンに向かうなら、家でやっても同じだ。

でも自分は今ここにいることを望んでいる。

誰もいない部室にいると、不意に感傷的《かんしょうてき》な気分になった。

自分みたいな人間が、自分とは違うこんな人間達に受け入れられるとは、まさか本気で信じていない。でも現時点では、驚くほどにしっくりとやれていた。

思わず勘違いしたくなるほどに。——もちろん本当に勘違いなどしない。

自分はいつまで、ここでこうしていられるのだろうか。

がちゃりと部室の扉が音を立てる。

「おっはよー！　……って、まだ稲葉んだけか」

「アタシだけで悪かったな」

「ん、なんも悪いことないよ？　あ～、でも～、部室に先に来ちゃったことは『めっ！』だなぁ。太一は今週掃除《そうじ》当番なんだし、二人で一緒に来ようよ～」

「いや、いいって」

一人物思いに沈んでいたテンションを抜けられなくて、冷たい返しになる。

「稲葉んは恥ずかしがり屋さんだな～」

「無理すんなって」

無理して、つまらない自分とでも面白くなるように気を遣《つか》って貰わなくても――。

「えっ」

驚きの声を吐き出して、伊織の表情が固まる。

一秒、二秒。

笑顔に戻る。

「うん……稲葉んが、乗り気じゃないなら仕方ないな、たはは」

苦笑して、伊織は黒いソファーにぽすんと座る。丸くなって顔を伏せる。

「お……い」

稲葉は弱々しく呟《つぶや》いて、伊織から視線を外した。

急に落ち込まれても、困る。なんなんだ。

「ちっ」

考えるのをやめ、稲葉は乱暴にキーボードを叩いた。

無駄に踏み込み過ぎた。自分らしくもない。

必要以上に入り込まない。放っておく。面倒なことにはしない。

そうやって自分は、誰に傷つけられることも自ら傷つけることもなく――その代償《だいしょう》として誰とも深い関係にならず――、人生を送ってきたではないか。

自分はこれからも同じ安全な道を歩むのだ。

それこそが、自分のような人間に相応《ふさわ》しい生き方……だ。

翌日は唯と太一がそれぞれ友達と遊びに行くので部活動は休みだった。毎日活動する義務《ぎむ》もないため、複数人が欠席の時は、その時々の判断で部活自体を休止している。

放課後、稲葉は少しだけ図書館《としょかん》で調べ物をしてから校門に向かった。

部活中の生徒で占められる運動場を通る。直帰《ちょっき》する者とも、部活をしてから帰る者とも時間がずれたため、今下校する生徒の数は少ない。と、視界の先。

校舎側にお尻《しり》を向けた永瀬伊織がいた。生《い》け垣《がき》の隙間《すきま》から首を伸ばして外の様子を窺《うかが》っている。

なにをしているのだろうと立ち止まる。

が、すぐにまた歩き出した。どうせ自分には無関係だ。気づかないフリをしよう。

しかし背後に気配を感じたのか伊織が振り返った——その一瞬間後には首を元に戻す。

まるで、自分に気づかなかったフリをするみたいだ。

カチン、ときた。

自分だって気づかないフリをするつもりだったが、同じことを先にやられるとまあ腹が立った。怒りが、稲葉の体の向きと進む方向を変える。

「おい、伊織。なにしてるんだ？」

尋ねかけると、伊織はゆっくり首を回した。

「……あ、稲葉ん」

白々《しらじら》しい。

「なにしてるんだよ」

「えー、あー、いや、別に」

「んな訳ねえだろ。クソ怪《あや》しいのに」

「そう、だけど」

伊織は気弱な様子だ。今まであまり見たことがない態度である。なぜ自分の前だと、静かだったり気弱だったりするんだ。他の場所でも同じようにやわからない。ただ、嫌な苦みが込み上げてくる。

「さっさと言えよ、面倒臭《くさ》いな」

「……でも、言った方が面倒臭くなるから」

「そう言った時点で、もう説明するつもりありますって言ったようなもんだろ。んな言葉聞いて見逃すなんて――」

――友達じゃない、と憎まれ口を続けようとしたが、その通り友達じゃないんだと気づいて口をつぐんだ。友達などいないと思っているくせに、都合のいい時だけその言葉を使おうとした自分を、嫌悪《けんお》した。

伊織はその中途半端になった稲葉のセリフの先を、勝手に想像で解釈《かいしゃく》したのだろう。少し、意外そうな顔をする。

「え、と。じゃあ、言う、よ？　引いちゃうかもしれないいんだけど、軽く捉《とら》えて貰って大丈夫だから。勘違《かんちが》いかもしれないし」

引くに引けない流れになっていた。

関わるべきではなかった臭いがぷんぷんする。

「実は最近……ストーカーが、いるみたいなんだ。わたしに」

リアル犯罪絡《がら》みはきついな、オイ。

よほど露骨《ろこつ》に嫌な顔をしてしまったらしい、伊織が慌《あわ》ててセリフを重ねた。

「って言ってもまだ全然勘違いかもしんないんだけどさっ！　誰かにつけられてる感じがしたり、見られてる感じがしたり、って自意識過剰《じいしきかじょう》の可能性もあるしっ」

しかし無理に否定する様が、逆にその話が本当であると生々しく主張していた。

「さっさと警察に相談しろよ。いや実害ないと簡単に動いてくれない、か？」

「だからっ、勘違いかも……しれないし」

伊織は妙にぐじぐじしている。ストーカーに怯《おび》えて判断力が鈍《にぶ》っているのだろうか。

「じゃあこれからはいつも誰か友達と一緒に帰るようにしろよ。誰かといたら危険なことにはならんだろ」

「う、うん。でも誰と帰れば……」

「はぁ？　誰と、って。お前友達多いじゃねえか。嫌みか？」

「でも」

伊織は逡巡《しゅんじゅん》して視線を彷徨《さまよ》わせる。おまけにそのさなか、こちらの目を盗み見てくるのだ。なにかを見定めようとしている。

なんだコイツ。そう思って稲葉は逆に伊織の目を捉え返してやった。

お互いの目が、ばっちりと正面から合う。

びりっと、電流が全身を駆け抜けた。

そんな錯覚《さっかく》。驚く。心拍数《しんぱくすう》が上昇。

「……わたし、友達いないし」

「………はぁ？」

今度こそ意味がわからない。

「なに言ってんだ？　お前クラスで仲いい奴多いだろ？」

「それはクラスの中だけの話で……遊びに行ったりは、しないし」

だから友達はいない、って？　伊織が口にするのは、傲慢《ごうまん》にもほどがあった。

自分みたいなのとは違い、恵まれている伊織がなにを言うのだ。

「ならお得意の周りに合わせる技でも使って、誰かを引っ張っていけばいいだろ？」

「そんなに勝手のいいものじゃないよ」

さらりと、冷たく、無表情で、伊織は呟いた。

かなり誇張《こちょう》気味に皮肉《ひにく》ったのだが、軽く流されるどころか正面から受け止められた。まるでそれが真実として存在するようではないか。いやいや……冗談だろ？

すると伊織がはっ、とした顔をする。

「な、なーんて、ね」

やめろよ。今の伊織が作る笑みには無理がある。その程度で誤魔化せると思っているのか、舐《な》めているのか。苛《いら》つきがどんどんと上り詰めて……、いや、と自重《じちょう》した。

伊織はストーカー被害に遭《あ》い、恐い思いをしているのだ。精神的に参っている相手にキツイ当たり方をするのは、嫌な奴過ぎる。

「……じゃ、今日はアタシと帰ろうぜ。元々途中までは一緒じゃねえか。家の近くまで送ってくよ」

柄《がら》にもなくお節介《せっかい》な気がする。が、仕方ない。

「いや、家まで送って貰うなんて悪いって」

「素直に好意を受け取れよ。つかこれでなにかあったら、寝覚めが悪過ぎるだろ。ほら行くぞ」

そう言って稲葉は先に歩き始めた。

しばらく迷っていたようだが、まもなく伊織も追いかけてきた。

「えと……ありがとう」

風に乗って届いた声に、背中がもぞもぞとした。

同時になぜか、今初めて、本物の永瀬伊織を発見できたと思った。

つかず離れずの距離で、なにも話さず、二人で歩く。

その時稲葉は、伊織に対して苛つきを覚えてしまう理由に気づいた。

おそらく永瀬伊織と稲葉姫子は、スタンスは違えど本質が似ているんだ。

だから、見ているとむかつくんだ。


伊織と下校中、視線を感じたような、気もした。

◇◇◇

稲葉は朝の通学路を一人で歩いていく。

少し暑い日だった。青々とした街路樹《がいろじゅ》が夏の気配をほんのりと漂《ただよ》わせている。まだ梅雨《つゆ》入り前なのに、気の早い話だ。

昨日は「もういいよ」と途中何度も遠慮《えんりょ》する伊織を、家の近くまで無理矢理送っていった。確かに手間だったが、万が一なにかあって、自分の責任になるのが嫌だった。

それにしても昨日は伊織の意外な姿を見られたな、と思う。

あんなに気弱そうで、か弱そうで、誰かが守らなければ崩れてしまいそうな雰囲気《ふんいき》を出す女だとは思わなかった。

人をよく見る自分でさえも捉え間違っていた永瀬伊織を、いったい何人の人間が正しく捉えているのだろうか。

「ちょっと、困りますって！」

緊迫した声が聞こえた。しかも聞き覚えがある。

立ち止まって、声の発信点を探す。

「だからさ、話聞くだけでもいいからさ」

道端《みちばた》に永瀬伊織がいて、その進行方向を塞《ふさ》ぐように若い男が立っていた。

男はスーツを着ており、身なりはきちんと整っている。変質者の類《たぐ》いではないと思う。

かと言って、まさか朝からナンパもあり得ないし。

「ねえ、どうしてもって、ウチの社長がうるさいんだよ。君に惚《ほ》れ込んじゃってるみたいでさ。この子は本物だ、って」

「ホント、今から学校なんで。邪魔、しないで貰いたいん、ですけど」

「俺もこんな真似したくないよ？　でもぜーんぜん取り合ってくれないからこういう手

段に出るワケ」

伊織は怯《おび》えたように小さくなる。

「一度話聞いて貰うだけで、すぐ契約《けいやく》どうのこうのじゃないし。名刺《めいし》渡したでしょ？ちゃんとした芸能事務所《げいのうじむしょ》だよ、ウチ」

どうも芸能事務所による勧誘《かんゆう》らしかった。スカウトされてデビューという話はよく聞くが、ここまで粘着《ねんちゃく》したスカウトをするものなのだろうか。稲葉にはわからなかった。

ただ伊織が今迷惑しているのは疑いようもない。

登校中の生徒達の中で、騒ぎに立ち止まる者が何人か出てくる。しかし口を出す者はおらず、静観《せいかん》するだけだった。

皆の視線に伊織も気づいた。そしてますます縮《ちぢ》こまってしまう。

周囲の者よりなによりも、伊織の態度に稲葉は腹が立った。

どうした？　なにをやっている？　はっきり「ノー」と言ってやれよ。そしてこの出来事を、教室で笑いながら話してくれよ。それがお前にはできるだろ？　やってやれよ永瀬伊織――そこまで考えて、伊織に期待している自分に少し驚いた。

だが、伊織は俯《うつむ》いて、震《ふる》えているだけだ。

「じゃあ……一度話をするだけなら……」

やっと口を開いたと思ったら、なにを言う気だこのバカは。稲葉は慌てて駆け出し、伊織と男の間に滑り込む。伊織の左腕を摑《つか》んだ。

「すいません。急ぐんで」

スーツの男に目もくれず、伊織を思いっ切り引っ張って歩き出す。

「あ、え？」

戸惑った伊織が足をもつれさせながらもついてくる。

「ちょっと」

男に声をかけられた。無視しようとしたが思わず振り返ってしまう。

「君も可愛いね」

男は、気味の悪い笑みを浮かべていた。


昨日、今日と続けざまに伊織の弱い姿を見た。妙なことに巻き込まれているからだと言われればそれまでだが、だとしてもイメージにある伊織とは違い過ぎる。

そんな伊織を、図《はか》らずも二度ほど助けた形になった。

助けた事実はどうでもよいが、おかげで伊織を気にしない訳にはいかなくなった。

ストーカーやらスカウトやらよりも、自分は永瀬伊織本人に関心を覚えた。

元より身の回りに訳のわからない人間がいるのは我慢《がまん》ならない。

だから調査を開始した。

まずは同じクラスの、伊織と同じ中学だった女子に声をかける。

「永瀬伊織って、中学の時どんな子だった？」

「伊織ちゃん？　そうだねー、凄くみんなから好かれてたと思うよ。明るくて、可愛くて、誰とでも分け隔《へだ》てなく付き合って嫌みなところないし。今と一緒だよ」

「ふうん、特に仲のよかった子……一緒によく遊んでいた子、知ってるか？」

「この高校にきてる子で？」

「いや、別の高校でもいい」

「じゃあ……えー……あれ？　ごめん、わかんないや。あたしもクラスでは話すけど遊びに行くほど仲よくなかったし……」

そう言えばホントに思い当たらないな、と女子は眉間《みけん》にシワを寄せる。

「なんでそんな話に興味あるの？　てゆーか稲葉さんって、たまに探偵《たんてい》みたいな事情《じじょう》聴取《ちょうしゅ》してるよね、あはは」

「気になったら調べないと気が済まなくて。面倒な性格なんだよ」

適当に合わせて稲葉も笑っておいた。

「あ、というか今朝の話、噂《うわさ》で聞いてるよ〜。伊織ちゃんのこと助けたんでしょ？　ほんと仲いいよねー」

「たまたま近くに、他の知り合いもいなかったから」

その後の休み時間、稲葉は聞き耳を立てながら教室と廊下《ろうか》をふらふら歩いた。おかげで今朝の出来事は一年の間で噂になっているとわかった。

また伊織と同じ中学だった男女数人に話しかけ、似たような証言を得た。


伊織はもしかすると、遊びに行くような友達は本当にいないのかもしれない。

嘘だろう、と思う。

あれだけ毎日誰かと楽しそうにしておいて、なぜ距離を縮めた存在がいない。

伊織は今まで人とどんな付き合い方をし、どんな関係を築いてきたのだろう。

それを参考にすれば自分も同じように――。……自分も?

自分も同じように、どうなるというのだ?

頭によぎった考えを、稲葉は打ち消す。

消えろと念を込め、なにも選択されてない状態のパソコンで、デリートボタンを押す。

デリート。デリート。今のは違う。自分はそんな生き方をしない。そんな生き方に憧《あこが》れない。憧れてはならない。自分はこのまま、ずっと、ずっと……。

「なにしてるの稲葉?」

声をかけられ視線を上げると、正面に桐山唯の顔があった。

「……別に」

一人思索《しさく》に耽っていたが今は部活中だ。

「え〜、気になる〜。というかいつも稲葉がパソコンでなにしてるのか気になる〜」

「今は……ちょっとしたマクロを組んでて」

「ま、真っ黒？　あ……マグロ？」

「どうせ理解できんだろうから気にするな」

馬鹿にされた気分〜、と呟き唯は頬《ほほ》を膨《ふく》らませた。高一にもなってガキみたいなことをする奴だ。が、小柄な体型と活発そうな印象にはその仕草が似合っていた。

「ん？　あたしの顔になにかついてる？」

栗色の長髪を掻《か》き上げてから、唯は顔をぺたぺたと触る。

「いや、なにも」

ふと唯の顔を見ていて思った。

唯と自分は、友達なのか。

「ねえ伊織、あたしの顔に変なとこある？」

「う〜ん、うん！　今日も超〜可愛いよっ」

「や〜ん、ありがと〜！　伊織もすっごく可愛いよ〜」

唯と伊織がきゃっきゃとじゃれ合っている。伊織は今朝の段階では多少沈んだ様子だったが、午後には調子を取り戻していた。

果たして「友達がいない」と言う伊織は唯をどう見ているのか。

「なあ太一、ここ読んでみ」

漫画雑誌を開き、青木義文が八重樫太一に絡んでいる。

「え……ぶっ⁉」

「な、笑えるだろ～」

「笑えるというかショッキングだな……」

この二人は、きっと友達だろう。距離感を見ていればわかる。

いや外から見ただけなら、自分にだって友達がいると他人に思われるのだ。見ているだけで、本当がどうなのかはわからない。結局は、各人の心の中で決定される。

「なんとなーく思ったんだけど、稲葉っちゃんさ、この頃静かじゃね？」

青木に言われる。

「アタシは元からぴーちくぱーちくうるさいキャラじゃねえよ。唯と違って」

「ちょっと！　今あたしの名前を出す必要あった⁉」

「ないな」

「からかってんの⁉」

「うん」

「い、稲葉がイジメるよ～！　助けてよ伊織～！」

自然な流れで、稲葉と伊織の目が合った。実は、今朝お礼を言われて以来、伊織と会話をしていない。伊織がどんな態度を取るのか、一抹《いちまつ》の不安を感じた。

「よしよし、大丈夫だよ唯。わたしが注意しておくからね。……こ、こら稲葉ん、確かに唯はぴーちくぱーちくキャラだけど責めなくてもいいでしょ！」

「ぴーちくぱーちくキャラは肯定《こうてい》された⁉」

いつも通りの感じ。ほんの少しぎこちなかったのは気のせい。たぶん。

「ぴーちくぱーちくなんてしてないしてないしてないのっ！」

「今まさしくそうじゃね……？　でもオレはそんな唯が好きなんだけどね！」

伊織と唯とそれから青木も混じって、わいわいと盛り上がる。その喧噪《けんそう》の中、太一が話しかけてきた。

「なにか悩みでもあるのか？　もしあったら、相談してくれよ。やれることはやってやりたいし」

反吐《へど》が出るほど偽善《ぎぜん》に塗《まみ》れた言葉を、太一が平然と口にする。

自分はこういう人間とは絶対にわかり合えないのだろう。

なにか、劇的《げきてき》な変化でも訪れない限りは。

部活が終わって帰路《きろ》に就《つ》く。

家の方向の関係で、校内を出てすぐに、唯・太一・青木と伊織・稲葉に別れる。

同じ下校路なのだから、部活があれば伊織と稲葉は途中まで一緒に帰っている。

昨日はストーカー疑惑があったので、例外的に稲葉が伊織の家までついて行った。

そして今日はどうしたものかな、と稲葉は悩む。

なにも言わないが、伊織は明らかにそわそわとしており、たまに後ろを振り返っている。まだストーカーを気にしているのは見ればわかった。おまけに今朝、事務所のスカウトに強引な勧誘《かんゆう》を受けているとも知ってしまった。

厄介《やっかい》ごとを二件も抱えている人間を放ってはおけまい。

「おい、今日も家まで行くから」

「えっ、でも……」

「朝もガチでトラブってただろ。悪いと思うなら、さっさとなんとかしろ」

隣の伊織を窺う。部室では明るかったのに、今は消えてゆく灯《あかり》のように静かだ。

「朝の話だけどさ。お前、しっかりやれよ。気弱そうにするから相手がつけあがるんだ。『大声上げるぞ』って脅《おど》しでもすればいいだろ」

「わたし……相手に合わせちゃうっていうか、強く拒絶するの、苦手で」

「でもお前なら、もっと上手くやれるはずだ」

「……どうして、稲葉んが断言できるの？」

「アタシにはお前の考え方が少しわかって……。で、もっとやれると思うんだよ」

不味《まず》い。このままではこちらの心にも踏み込まれる。それは避けたかった。

だから、踏み込み過ぎるのは嫌なのだ。己の心の醜《みにく》さは、晒《さら》せない。

話を変えよう。

「つーかあれだ。これから毎日どうするんだよ、登下校の時。アタシだって毎日一緒にいてやる訳にはいかんぞ」

物理的に不可能ではないが。

「うーん、それはなんとかするかなっ」

その明るい声は、あからさまに無理をしていた。

「他に頼める当てはないのか？　友達いないとか言ってたけど、中山や唯はどうなんだ？　友達じゃ……ないのか？」

『友達』の単語を出す度に、喉《のど》の奥がきゅっとなった。

「友達、だけど」

……おい、友達なのかよ。いないんじゃなかったのか。

「でもそれは楽しくやる友達で……こういう重い話をする友達じゃないかな、って」

なるほど。そういう解釈《かいしゃく》をしているのか、この女は。

「信頼してないってことか？」

「違うっ！　そんな意味じゃない！」

「わかってるよ」

「え？」

かなり単純化してしまえば、中山や唯には迷惑をかけたくない、かけていい友達ではないということなのだろう。難儀《なんぎ》な性格だ。

この女にはこの女なりの友達の定義がある。それを安易に否定はできない。

改札口から入場し、電車に乗る。本来は降りるはずの駅を通り過ぎて、伊織の家の最《も》寄《よ》り駅まで行く。

「稲葉ん、これ」

定期外の乗り越し分の運賃《うんちん》を伊織が差し出す。素直に受け取った。

伊織の家までは、駅から少し歩く。

「ところで、家には誰かいるのか？」

家に帰ってからも大丈夫か心配になってきた。ここまで伊織を気にするのは末期《まつき》だな、と稲葉は思う。でもそれくらいに、伊織は安定性に欠け、放置するには危険に見えた。

「ちょっと遅くにならないと、帰ってこないかな」

「共働きか？　兄弟もいないのか？」

「実は母子家庭で……。今は兄弟もいないし」

「あー……」

複雑な事情がありそうだ。この辺りも人格形成に影響を与えているのではなかろうか。

初めは、こんな絵に描いたみたいに恵《めぐ》まれた女がいるのかと思った。美少女で、明るくて、性格もよくて。

でも知れば知るほど、これほど幸《さち》が薄そうな女いるのかと思えてきた。

さあ、それで。自分はこの人間との関係をどうする？

客観的に考えれば、誰かに協力を仰ぎ、完全に見捨てはしないものの適度に距離を取るくらいがベストだろうか。しかし伊織は、協力を仰ぐやり方を嫌がる。だから、……いや、どうして伊織の都合を優先させなければならない。自分のことを考えて。

自分がどうしたいかを考えれば、どうなるか。

「しばらくの間は、アタシが毎日一緒に登下校してやるよ」

——己から湧《わ》き出てきた言葉に、自分で驚いた。

格好つけたかったのか？　いい人間を演じたかったのか？　そう言わなければならないと思ったのか？　自分に問いかけたが、どの問いにも首肯《しゅこう》できない。

それが自分の心から出た本当の想い？　まさか。

「稲葉ん。凄く、凄く嬉しいんだけど……」

拒否しようとする伊織も、どこか嬉しさを噛み締める声だ。

なんかハズい。顔をまともに見られない。頬《ほお》が、熱い。

「と、とにかくそういうことだからっ！　拒否とかなしな！　勝手について行くしっ。じゃあもう今日は大丈夫だよなっ」

ばしっ、と伊織の肩を強く押し、稲葉は元来た道を引き返す。

足早に歩いていると、それに追いつけとばかりに背後から大きな声が飛んできた。

「稲葉んっ！　あ……ありがとうっ！」

やめろよ。顔が、抑えようと思っているのに、にやけるだろうが。

頬を無理に引っ張っても、口元がほころんでしまう。

——そうやって間抜けな面で帰宅している途中だ。

舐《な》めるような視線を感じた。

振り返る。

自販機の側で影が動く。

誰かが、いた。

＋＋＋

「ただいまー！」

購買部《こうばいぶ》で二リットル入りの紅茶《こうちゃ》を買い、永瀬伊織は部室に帰還《きかん》した。

「さあ、お菓子を開けて今からトークといこうじゃ……あれ、なんかあった？」

稲葉を熱心に囲む文研部員の姿が伊織の目には映っていた。

自分が買い出しに行っている間、なにかしらあったようだ。

「あ、お帰り伊織。今稲葉がね、稲葉と伊織の友情秘話を話してくれてるの」

唯に教えられて、稲葉の方を見る。

「お前にストーカーがいる疑惑と、芸能事務所の勧誘にあって、アタシが一緒に登下校してやるようになったって話をしただけだよ」

「そっ、か」

あの時のことを、記憶の層から取り出す。

体いっぱいに感情が広がった。

一瞬で鮮明《せんめい》な映像を呼び起こせた。

「心配しなくても変なことは喋ってねえよ。つか、あの時の心情まで、全部語れる訳じゃねえしな。覚えてるか？」

アタシは覚えてるけどな、という言外《げんがい》の意味が読み取れて伊織は「ぷっ」と笑った。

「なんで笑うんだよお前は⁉」

「だってさ〜、あの時の稲葉んを思い出したら今とのギャップが……くくく」

「ギャップはお前もだろうがっ」

「うん、わたしもだね」

素直に頷《うなず》くことができた。

二人だったからこそ、自分達は今こうしていられている。

友達を、作れている。

「な、なんで二人だけで通じ合ってるの……？　その時あたしはなにしてたの⁉」

唯が慌て始めたので答えてあげる。

「ぴーちくぱーちくしてたよ」

くっ、ぴーちくぱーちく……あっははは、と稲葉が笑い出す。もしかして稲葉も覚えているのだろうか。だとしたらびっくりだ。

「ぴーちくぱーちく……ってなに⁉　その時のあたし、本気でなにしてるの⁉」

「今と変わらないってことじゃないですかね」

「上手いな、千尋」

「聞こえてるわよ千尋君と太一！」

「てゆーか続きが気になるんだけど！　稲葉っちゃんもストーカーの影を感じたとかどんだけシリアス展開なんだよ⁉」

騒がしい青木の横で、紫乃が両手を胸の前で組み、目をきらきらさせている。

「……どうしたの紫乃ちゃん？」

「つ、続きが気になって……。稲葉先輩がどれだけ身も凍《こお》るような恐ろしい策略《さくりゃく》を考えて、それを伊織先輩が冷酷《れいこく》なまでに完遂《かんすい》しストーカーをメッタメタにし、そうやって一緒に戦う中で友情を芽生《めば》えさせたのか……」

「ごめん紫乃ちゃん。その予想かすってもないから」

紫乃の思考はプラスとマイナスどちらにもぶれてメーターを振り切っていた。

「えっと、あの時は――」

昔を思い出しながら、伊織は語り出す。

＋＋＋

最近、自分の演じる力が上手く働かないと生活の節々《ふしぶし》で感じるようになった。

自分はどんな人間なのだろう？

自分はどうしたいのだろう？

それがわからないから、ふらふらと意志もなく漂《ただよ》うみたいに生きている。

周囲の人間ともどうやればいいかわからない。だから、ただ『皆にとってよく』やればいいと思っている。それが正しいはずだ。自分だって楽しいのだから間違いじゃない。

ぐらっぐらで不安定な自分。どれが本当かわからない自分。中三の春の時からそんな自分と折り合いをつけ、これまでなんとかやれていた。

ところがそれをある人間に見破られてしまう。

同じクラスの一年三組、文化研究部副部長、稲葉姫子だ。

正直見破られたかもと思った瞬間は、酷《ひど》く恐ろしかった。間違ったやり方をしている自覚はあったのだ。

けれど一方で、ほっとする自分もいた。

とにかく、状況を変えたくて堪《たま》らなかったみたいだ。

しかも幸運なことに稲葉は、己も似た部分が存在するが故なのか、伊織の心情をわかってくれているようだった。

……という予想は立ったのだけれど。

それは全て、推測《すいそく》でしかなかった。

確かめるためには、無防備《むぼうび》な姿で、本当の姿で、踏み込まなければならない。

それを実行する勇気がない。

普通の枠から外れた者であると、暴かれたくなかった。

だけど秘密を晒したい欲求も隠しきれなくて、稲葉には中途半端な対応になっている。

もう稲葉にはどんな自分を見せればいいのかわからない。不安で、弱々しいキャラになってしまう。稲葉はそんな子、好きじゃないと気づいているのに。

今の自分は、一度『感覚』を取り逃がすと、その人に対してどう接すればいいのか見えなくなりがちだった。

元より稲葉には好感を抱いていた。自分をしっかり持って周りとほどよく距離を取るスタンスが明確で、安心して付き合えた。それにやり方は違えど、自分と似た考えで動いている人を見つけられて、仲間意識を覚えたのだ。

だが互いがそんな性質であるため、両者とも近づけずにいた。

近づくためには、どちらかが自分のスタンスを放棄《ほうき》しなければならない。だから微妙な探り合いと距離感が続いている。

踏み出したいのだろうか？

心と心で繋《つな》がれる人が、欲しいのだろうか？

いや、大前提《だいぜんてい》として自分の心とは？

自分が今抱えている、ストーカー疑惑と芸能事務所からのしつこい勧誘という問題。

一人で解決しなければいけないはずだったそれを、稲葉が助けてくれている。

甘えても、いいのだろうか。

迷惑をかけて、面倒に巻き込む。それは間違いだと思っていた。みんなと上手くやれなくなる原因だと、戒《いまし》めてきた。

だがおかげで皆と上手くやれていても、人生が上手くいっている感覚は皆無だった。

もしかして己の背中を誰かに預けたその時は、本当の友達ができたと言ってよいとの確信が、得られるのだろうか。


翌日の朝、伊織と稲葉は待ち合わせて二人で登校した。

自分の隣を、稲葉が歩いている。ぴん、と背筋《せすじ》を伸ばした姿勢《しせい》はとても美しい。けれど少し窮屈《きゅうくつ》そうで、無理に自分を大きく見せようとしている感じもする。でも大人っぽくて美人な顔立ちには、堂々とした立ち姿がぴったりだった。

「なあ伊織」

不意に稲葉が名前を呼び、少し声のトーンを落として尋ねてきた。

「お前の言うストーカー……誰かに見られている感じって、どんなのだ？」

「えっと」

まだ詳しい説明をしていなかった。伊織は自分が感じた通りに答える。

続けざまに稲葉は「相手の姿を見たことはあるか？」「いつから始まった？」「時間帯は？」「見られていると感じた時間で一番長いのはどれくらいだ？」「頻度《ひんど》は？」などと様々な質問を浴《あ》びせた。

「……うん、毎日じゃないよ。そんなに多くもない。まだ五、六回ってとこかな」

　ひとつひとつ丁寧《ていねい》に答えると、稲葉は腕を組んで「ふうん」と呟き考え込む。

「どうかしたの？」

「……実は、金曜にお前を送った帰り一人でいる時、視線を感じてな」

感じた。視線を。自分じゃなく。稲葉が。

　それは、つまり。

「ま、巻き込んじゃったのっ⁉」

「わっ、バカ。声がデケえんだよ」

「ご、ごめん」

　近くを歩いていた何人かがこちらに視線を向けていた。

　音量に注意して、伊織は再び口を開く。

「で、でもさっ、ストーカーが稲葉んをつけてたってことだよね。わたしと……わたしなんかといたから、目をつけられて……。わたしのせいだ……」

　目の前が暗くなった。トラブルばかりに巻き込まれている自分は、誰かに頼ったらダメなんだ。他人を不幸にする。不幸は、自分の中にだけ留《とど》めなきゃ。なのに――。

「……ふんっ」

「あたっ⁉」

　稲葉にチョップされた。地味に痛い。

「ったく、お前は本当にバカだな。なんで視線を感じただけでストーカーになって、おまけにそいつが伊織のストーカーと一緒だって結論になるんだよ。……まあ確かに伊織の言うストーカーの特徴と合うところもあったが」

「ほらっ痛っ!?」

二発目のチョップが飛んだ。

「なにが『ほらっ』だ。勝手に妄想して勝手に責任感じるなうっとうしい。ストーカーとすら決まった訳でもねえのに」

「は、はい……」

「とにかく様子見だな。お前この件、他の誰かに話しているか?」

「う、ううん。稲葉んだけ」

「なら親と学校には一応報告しておけ。後の、他の友だ……連中に言う判断は、お前に任せるよ」

「……わかった」

稲葉は、『友達』と口にしようとして、わざわざ『連中』に言い換えた。

「――だったんだって! びっくりでしょ、ねえ伊織」

「……へ? あ、うん」

「曖昧な返事……貴様《きさま》わたしの『超面白い話』聞いとらんかったな！」

中山がびしびしとお腹をつつく。

「言うほど面白くもなかったけど」

「だよね」

洋子《ようこ》と春菜《はるな》が口々に言うと、中山ががっくりと項垂《うなだ》れた。三人の女の子は、いつもお弁当を食べたり、クラスの班分けで一緒に組んだりする伊織の『友達』である。

「そ、そんなぁ〰〰〰！」

「あははー」

食事も終わった昼休みの残り時間、伊織は皆とお喋りしながら過ごしている。

「なんとなーくだけど、最近ちょっと元気なくない？」

中山が伊織の顔を覗《のぞ》き込んできた。

「え？　いやいや」

「あ、言われたらそうかも」

「『いやいや』みたいな返ししちゃう時点でねぇ」

「だから……待っ……待ちたまえ！　この力こぶが目に入らんのかっ！」

伊織は腕をまくって、上腕二頭筋《じょうわんにとうきん》に力を込める。

カチッ、とスイッチが切り替わったのが自分でわかった。

「ぷにぷに～」と中山が二の腕をつつく。

「ちょっ、こそばゆっ……いっ！」

「どれどれ～」

「あ、伊織のここ気持ちいい。ハマっちゃうかも」

「やめっ……この……お返しの二の腕ぇ！」

「うぬっ⁉」

伊織は中山の両の二の腕をむんずと摑む。

「あ、二人で抱き合ってるみたい」

「お～、愛の言葉でも囁《ささや》き合うんじゃない？」

洋子と春菜がお気楽な調子で言う。

中山と目が合う。

目と目で会話する。

（ここは）（間違いなく）（……乗るべきところ！）

「伊織っ……！　わたし実は、ずっとあなたのことが……」

「待つんだ。その先は……俺から言わせてくれ。俺はひと目見た時から君のことが」

「お～、伊織の男役格好いい～。ミュージカルっぽい」

「そろそろ歌のパート入るんじゃない？　歌いながら踊る感じで」

「ちゃ……ちゃらら～」

「しゃっ……ららら～」

「次は男役が女役を支えて、空を飛んでるみたいにジャンプするシーンかな」

「それフィギュアスケートのイメージだ。見たいな～」

「わたしが支えるから……」「よ、よし……」「って無茶ぶりが過ぎるわっ！」

「あっはは、息ぴったし！」

「あんたらはフリがあると乗らずにはいられない病気だね」

「わ、わたし達弄《もてあそ》ばれてる気配がするよ伊織⁉」

「け、気配じゃなくて完全に弄ばれてるよ中山ちゃん⁉」

そこまで演じておいて、ついに我慢《がまん》し切れずに伊織は、

「ぷっ、あはは」

と笑った。

すると中山も笑みを零《こぼ》す。

「えっへへへへ」

二人でお腹を抱えて笑う。

込み上げる笑いが、中山の笑いと反応して更に大きくなる。

中山の明るい笑顔を見ていると、自分の心まで晴れやかになる。

楽しい。凄く楽しい。

中山は言わずもがな、洋子も、春菜も、自分の素晴らしい、『友達』だと思う。

——でもそれは、こうして明るく接し合うための友達なのだ。今また確信した。

ここに、暗い話など落とすべきではない。皆、求めていない。

楽しい空間が、関係性が、壊れてしまう。

要求されていないものを差し出した時、どう受け止められるかわからない。恐い。

嫌われたく、ない。

今の関係を大事にしたいから、とても大事な『友達』であるから、大きな変化を許容《きょよう》できないで保守に走る。

やっぱり、中山達にストーカーの件は話せない。

自分の問題は自分で解決する。自分の不幸に誰かを巻き込まない。自分が皆に心地のよい関係を与える。

そうして自分の守りたい『友達』を守る。

——ああ、くそう。

わかっているんだ、自分の思う『友達』の形が歪《ゆが》んでいるんだって。

でも、取り繕《つくろ》えている今の自分を、失う覚悟《かくご》を持てない。

それも仕方がないのだ。自分のような人間が、普通によくやるためには、相応の意識が必要なのだから。

部活のなかったその日の放課後、どちらともなく伊織と稲葉の二人は合流した。

「あの、稲葉ん」

「さっさと帰るぞ」

稲葉が先に教室を出たので、伊織も後をついて下駄箱《げたばこ》に向かう。言わなければならないことがあるのだが、周りに人が少なくなってからにしよう。

校庭に出たところで、伊織は口を開いた。

「ねえ、稲葉ん。気づいたんだけどさ……」

「あん？」

「わたしにストーカーの影があるから、今日も稲葉んはわたしの家までついてきてくれる……んだよね？」

「いちいち確認すんな」

「あのさ、今は稲葉んにもストーカーの影があるんだよね？」

「ストーカーと決まった訳じゃねえけど」

「それで言ったら、わたしもストーカーって決まってない」

「だから？」

「うんだから、今日はわたしが稲葉んを家まで送るよ」

伊織の台詞《せりふ》を聞き、稲葉はきょとんとした表情で固まっていた。

しかしその数秒後、突如《とつじょ》目を剝《む》き烈火《れっか》の如く怒りだした。

「はぁ!? なにほざいてんだお前!? なんでアタシがお前と登下校してやってるのか忘れたのか!? お前が一人じゃ危ねえからだろ！ そのお前がアタシを家に送るって意味わかんねえよ！ ミイラ取りがミイラになる状態か！ ちょっと違うか！」

怒り狂い過ぎて少々混乱しているみたいだ。

「で、でも。稲葉んも誰かに見られてたんでしょ？ だったら危ないし」

「お前はどうなるんだっ、お前は!?」

「な、なんとか……」

「できるんだったらそもそもアタシが一緒に帰ってねえだろ！ アホか！」

「あ、アホって！ 前と今じゃ状況が変わってるしっ」

「状況が変わっても変えちゃいけない大前提はあるんだよっ。覚えとけバカ！」

「だからバカって！ っでも、稲葉んがわたしを家まで送ったら、稲葉んが家まで一人になっちゃうじゃん」

「そりゃ二人で帰ってどっちかがどっちかの家に送ったら、片一方は一人で家に帰らなきゃならねえよな！ お隣さんでもない限り！」

今は関係ないが、稲葉は結構つっこみ好きなんじゃないだろうか。

「わたしは仕方ないにしても、巻き込んじゃった稲葉んを危ない目には」

「あ〜〜っわかった待て待て！　てか全部推論《すいろん》なんだ……って、この話をしてもしゃーねえな。もっと建設的《けんせつてき》に考えよう」

稲葉は自分に言い聞かせて、ふぅと息を吐く。

「……よし。伊織、お前他に頼れる友達はいるか？　つか、ストーカーの話を他の誰かにしたか？　してるんだったら、そいつに送って貰えば」

「それやっちゃったら、その子まで巻き込んじゃう、し。……後やっぱ、こういう話できる仲のいい子はいないかなって」

仲のいい子がいない。それは普通、口にするのをはばかられる恥ずかしい言葉だ。でも稲葉の前では抵抗を感じなかった。

「……『そういう話をできる』仲のいい子、ね」

「あ、それで気になったんだけど。稲葉んさっき、『他に頼れる友達』はいるかって聞いてきたじゃん？　ってことはつまり稲葉んは、わたしと稲葉んを……その……」

あれ？　そんなつもりもなかったのに、不意に、聞きそうになっている。いいのか、このタイミングで。でも、動き出して、尋ねかけてしまったから——。

「ち、違う！」

否定。

ぴしりと、心にヒビが入った幻覚《げんかく》。

ああ、でも大丈夫。ぺたぺたと、心のひび割れを厚化粧《あつげしょう》で補修《ほしゅう》する。

立て直す、立て直せる。

稲葉が急に慌て出し、言葉を付け足す。

「違うんだけどっ、でも……凄く近しい関係であるから……そうまるで共同戦線というか！　あ、同盟か！」

「稲葉んなに言ってんの？」

「う、うるさいっ！　アタシとお前の関係を表現してやったんだろ！」

顔を赤くして、稲葉は髪の毛をぐしゃぐしゃとやる。粗野《そや》な振る舞いが、ややもすれば近づきがたく感じられる綺麗《きれい》な女の子を、親近感の湧《わ》く存在にしていた。なんだか可愛らしく思えて心が和《なご》み、冷静な思考を取り戻せた。

「真面目な話、わたし達二人だけでどうしようか？」

「そうだな……やっぱ危険があるっぽいお前に、アタシがついていくのがベストだろ」

「またそんなこと言って！　だから」

「このくだり終わりそうにねえな!?　でも譲《ゆず》らねえぞっ――」

その後も押し問答は続きに続き、結局じゃんけんになって、負けた伊織が稲葉によるエスコートを受けると決まった。

余計な体力を消耗《しょうもう》して疲れたので帰りは大方《おおかた》無言だった。

共同戦線。同盟。

それも悪くはない。自分には今までなかった関係だ。

でも共同戦線や同盟は、共通の敵が生きながらえている間しか機能しない。

今日は、ストーカーらしき視線を全く感じなかった。

たまたま、かもしれない。

これからもずっと、かもしれない。

全く危険がないと判断できた時、自分と稲葉の関わり合いはどうなるんだろう。


数日間、伊織は稲葉と登下校を共にしていた。

揉《も》めに揉めた結果、下校時は稲葉が伊織の家までついてきてくれている（その後稲葉が家に着くまでの間は、メールで状況を確認するようにしている）。

ここのところストーカーの気配はなくなっていた。芸能スカウトからのつきまといも鳴りを潜めている。警戒心が解けてきたこともあって、最近は登下校中の会話も増えた。

「今日返ってきた世界史のテストどうだったんだよ？」

「八二点！」

「勝った。九三だ」

「ま、また負けた……！　あ～、結局ほとんど稲葉んに負けちゃったな～」

「ある程度対策したしな。てかお前の出来が意外だった。頭いいんだな」

「まるで頭が悪い印象だったみたいな……」

「どー考えてもそうだろ。可愛いから男に貢《みつ》がせれば余裕だろ、って感じで人生舐《な》めてそうだし」

「とんだ悪女キャラにされてる⁉　わたしに言わせれば、稲葉んの方が腹黒く緻密《ちみつ》な計画練ってそうに思えるけど」

「アタシは女って武器を使うのはパスかな。実力で腹黒くねじ伏せたいし」

「『腹黒く』って公言するところが格好よくて稲葉んらしいよ」

「で、お前の悪女精神はどんなもんなんだよ？」

「んー、わたしは『使える武器は使わないでどうすんだよ派』ではあるけど」

「うわっ、将来何人の男がお前に騙《だま》されるんだろうな」

男性っぽい思考回路《しこうかいろ》の稲葉との会話は、気を遣わずに思ったことを言い合えるので、さっぱりしていて気持ちがよかった。

思い違いでなければ、稲葉も自分との会話を楽しんでくれている。普段教室では、稲葉はもっと毒を抑え気味である。対して自分と話す時、また部室にいる時は毒が強くなる気がして、そちらの方が素に近い感じがするのだ。

日々は穏《おだ》やかに流れて、伊織の心も静かに落ち着いていった。

その日の部活には、一年三組の伊織、稲葉、太一で揃《そろ》って部室に向かった。

と、部室には唯と青木が既《すで》に到着していた。

「なんで二人はそんなに離れて座ってるの？」

端と端て。

「聞いてくれよ伊織ちゃ～ん！　唯がそうしなきゃ出てくって言うんだよ～！」

「だ、だって男と……特にあんたと二人きりって……なにがあるかわかったもんじゃないでしょ!?」

可愛くて文研部で誰よりも女の子らしい唯は、男子が少し苦手みたいだ。

「なーんかコイツなぁ……？　……今度カマかけてみるか？」

隣で稲葉がぶつぶつ呟いていた。

全員が思い思いの席に着いて、会話し始める。

「という訳でテストの平均点は、アタシが六点差つけて大勝だな」

稲葉が太一に勝利宣言を突きつける。

「ぐっ……。勉強量は勝っているはずなのに……」

「太一はバカ正直に勉強し過ぎなんだよ。テストなんて所詮点取りゲームだ」

伊織も会話に加わる。

「ちなみにわたしは太一と平均点一緒だよー。仲よしっ！」

「な……あんまり勉強してなさそうな永瀬と同じ……ショックだ」

「いやオレからしたらみんなすっげーって、オレ赤点三つだし、あっはっは」

「青木。あんた危機感なさそうだから教えてあげるけど、一学期の中間で赤点って相当やばいわよ。下手すると進級できないかも」

「へ？　そんなにやばいの……？　……その唯の憐《あわ》れみの顔はマジっぽい!?　べ、勉強しよう！　この中じゃ一番順位が近い唯を目標にして勉強だっ！」

「い、稲葉！　あたしを弟子にして！　青木に抜かれたら生きていけない！」

いつもの部室、いつもの空間。

部室は、知らぬ間にとても居心地のよい場所になっていた。

もう随分《ずいぶん》昔になくした感覚を、ここで味わえている気がする。

なにが他と違うのだろうか。たまに考えるのだけれど、答えは全然見つからない。

でも、もしかしたらここで本物の『友達』ができるんじゃないかと思えている。

理屈のない、予感だ。

もっと普通の友達。

未来に浮かぶ薄ぼんやりとしたその影を想うと、凄く嬉しい気持ちが込み上げてくる。

部活のみんなと仲よくやれている、クラスの皆とも仲よくやれている、稲葉とは凄く仲よくやれている。

絶望《ぜつぼう》ばかりに逢《あ》ってきた。でも今自分には、希望が見える。

なんか幸せだ。もうこのままで……いやまだ満足しちゃダメだ。もっと上を目指さなくちゃ。自分だって望んでいい。

より望ましいものを求めるなら、その時必要なのは、例えば踏み出すこととか――。

今日も帰りは、稲葉と二人になる。

「あ～暑いね。そろそろ夏物売り出してるだろうな～。……ってことは在庫処分の春物を買うチャンス！」

母一人娘一人の家庭、困窮《こんきゅう》してはいないが、あれこれお金を使えるほどの余裕はない。洋服はなるべく安くなってから買っている。ベーシックなものを取り揃えておけば、『今流行《はやり》の！』という商品を買わなくとも自分が満足するおしゃれには十分だ。在庫処分に掘り出し物がないかチェックしたいが……。

「でも今はいいか」

今年はシーズン初めにちょっといい服を買ったのだ。なによりストーカー疑惑で稲葉に家まで送って貰っている身として、遠出ははばかられる。

「……一緒に行ってやろうか？」

「え？」

今なにか、凄く意外なことを、言われた気がする。

「二度言わすなっ。……一緒に買いに行ってやろうかって言ったんだよ。一人で出歩くの、躊躇《ためら》ってんだろ、どうせ」

「いや、そういう訳じゃ」

……ないけれども少しその理由もあった。

稲葉はその感情を慮《おもんぱか》ってくれたらしい。

迷惑ばかりかけるなと思う。でも稲葉と二人で出かけられることは、素直に嬉しい。

「け、けど悪いよ！　全然、無理して貰わなくたって大丈夫――」

あれ？　今自分は、せっかくの稲葉の申し出を断っている？

本当は行きたいのに。

心と行動が乖離《かいり》している？

いや、心の奥底で思っていることが、出てしまっているだけか。

失敗を犯して今の関係を壊すのが恐くて、怯えている。今の『いい』を『もっといい』にするより、『いい』を『悪い』にしないことばかり考えている。

「まあ、もちろん無理にとは言わんが……」

伊織の拒否の姿勢を見て、稲葉が引き下がろうとする。

ダメだ。ここで踏み出さないで、いつ踏み出すんだ。

「やっぱりよかったら一緒に行って！　ついてきてくれると嬉しい！」

一気に伊織が言い切ると、稲葉は一瞬たじろいで身を引いた。

「……なに気合い入れてんだよ。じゃあ、明日の予定は――」

面倒臭そうにしていたけど、稲葉がほんのり弾《はず》んだ調子の声だったことは、口にしないで胸の中にしまった。


次の日。部活は元から決まっていた通り、少し話し合いをしてすぐ解散となった。

早めに帰宅すると考えても、街に出て二時間くらいぶらつく時間は確保できそうだ。

校門を出て、太一や唯と別れ、伊織と稲葉は二人になる。

伊織が先に声をかけた。

「じゃ、じゃあ行きましょうか」

「お、おう」

「昨日言ってたとこで、い、いいよね？」

「お、うん」

「「……」」

「なんで固くなってんの稲葉ん？」

「お前のが移ったんだよバカ！」

「「……」」

「ぷっ、あははっは」「ぷっ、あははは」

変な空気に二人で笑ってしまう。照れくさくて温かい空気になる。

「なんだよアタシら、初デートのカップルかよ。くくく」

「でも気分的にはそんな感じかも」

思い返せば複数で遊びに行ったことはあれど、二人だけというのは女子同士でもあまり経験がなかった。

「……おい、お前もしかして本気でレズい意味じゃ……」

「流石に違うかなっ！」

電車に揺られ、繁華街《はんかがい》に出る。

稲葉と二人で服を見に行く。ただそれだけなのに、伊織はとてもわくわくしていた。

自分は誰とでも仲よくしたいと思っていた。けれど誰かと仲よくしたいという感情に、いつからか触れていなかった気がする。

ひとまず駅前の八階建て商業施設《しょうぎょうしせつ》に入る。専門店街をざっと見回ることにした。

「稲葉んは普段どんなとこで服買うの？」

「アタシはあんまり興味ないからなぁ。でもまあ――」

テンションを上げることもなく素のトーンでお喋りしながら、店内を物色《ぶっしょく》する。どうなるのか心配もあったけれど、いざ始まれば自然と二人が落ち着けるスタイルになっていた。

会話が途絶えて互いに無言になる。でも喋らないといけない、という強迫観念《きょうはくかんねん》には襲われない。ゆったりとした時間が流れる。

彼氏を作れたら、こんな感じなのだろうか。だとしたら、付き合うのも悪くない。まず好きな人を見つけなければ、話にならないけれど。

「……悪いな、ファッション詳しくないから、そういう話もできなくて」

「や、この沈黙《ちんもく》に悪い意味はなくて！」

前から思っていたけど、がさつそうに見えて、小さいことを気にする繊細《せんさい》な子である。

「別に話さなくてもいいって、感じがして」

二人でいるだけで心地がいいから。

稲葉は「そうか」と頷いて、それ以上言及《げんきゅう》しなかった。

お、向こうに可愛いの発見。

稲葉も気になったのかワンピースを手に取っている。……ってワンピース⁉

意外だったからいじってやろうかと思ったが、あえてぐっと堪《こら》える。ここで自分がつっつけば意固地になって『こんな服興味ねえし！』となるのは目に見えていた。だから放

 っておいて、もっと稲葉の中で『買ってみようかな』の気持ちが盛り上がったところで、背中を押してやろう。フフフフ。

「わたしちょっと向こう行ってくるよ」

「あ、おう」

お互い気を遣わなくていいとわかるから、さっと単独行動にも移れる。

スイッチオフに近い省エネモードの自分なのに、稲葉とはちゃんとやれていた。

それは稲葉だからなのか。

それとも案外、スイッチオフでもやれるものなのか。

スキップ交じりに伊織はお目当ての服に向かって――。

「あれ、伊織じゃん」

誰か、知り合いの声。

右方向を見やると、クラスの『友達』の洋子がいた。

「なーにやってんの？」

同じく『友達』の春菜もいる。

「え……えっと、まあ……」

おい。どうした？　やばい。上手くスイッチが切り替わらない。オフモード過ぎていつもの自分にすぐ復帰《ふっき》できない。いつもと違うと思われそう。いや、別にこういう面を見せてみたって――。

　その時、隣にもう一人女の子がいると気づく。顔だけは見たことがある。同じ山星高校一年の、別クラスの子。

「あ、この子が永瀬伊織ちゃん？　うわっ、やっぱ間近で見るとダンチで可愛いわー。これでめっちゃ明るくて面白いんでしょ？」

　カチッ。スイッチが入った。

「二人ともなにやってんの～？　買い物？　てか初めましてだよね、よろしく」

　伊織はにっこり笑顔で右手を差し出す。

「どうもよろしく～！　飯島真希《いいじままき》で～す！」

　化粧の濃さと声のトーンがギャルっぽい。もちろんやれないことはないし、嫌いな訳でもないが、ギャル色が強い子はあまり得意なタイプじゃない。

「わたしらはちょい服見てて～。あ、これ可愛くない？」

　洋子が袋からキャミソールを取り出して見せる。

「お、可愛いね～。てか色っぽい！」

「色っぽいというよりも？」

「マジで～～、エロい！　……って言わすな！」

「わははは、ノリつっこみ！　伊織ちゃんスゲー！」

妙に話が盛り上がってしまった。

稲葉はまだ一人で服を見ているだろうかと、伊織は首を動かして確認する。

「――あ」

瞳と瞳が一直線で結ばれる。

稲葉がこちらを、無表情に見つめている。

早く戻らないといけない。伊織は思った。稲葉の心が、冷めていくのがわかるから。

「あたしのこれはどう？　はっちゃけて赤にしてみたんだけど」

「情熱的過ぎて眩《まぶ》しいよ！　わたしが牛ならつっこんでいきたくなる！　つ、つっこむってもちろんそういう意味じゃないよ！」

「伊織ちゃん自分から墓穴《ぼけつ》掘ってんじゃん、ははは」

「今はそーいうノリが求められてるかなって！」

なにをやってるんだ自分は？　さっさと「友達を待たせてるから」と言って、この場を離脱しないと。別に無理に捕まえようとされてない。だから別に大丈夫。嫌われるはずない。稲葉の下に戻って、スイッチを切り替えて。

切り替える？

稲葉の前ではオフでいないとダメなんだっけ？　いや、切らなくてもいい。じゃあこのままのテンションで。でもそれを、稲葉は心地よく思ってくれる？

なぜ戸惑っているかもわからず戸惑っている。

頭が混乱して、重要な決断は先送りにして、目の前の対処《たいしょ》だけは続けてしまう。

「つか伊織。今から時間あるの？　あたしらカラオケ行くんだけど」

「カラオケか～！　歌って踊りたいね～！　でっ……、でもわたし――」

「行けばいいじゃん」

すとん。

冷たい氷のナイフが、伊織の心を真っぷたつに切り裂いた。

待って。今。片をつけて、稲葉のところに戻ろうとしていたのに。

「稲葉さん……あ、二人で来てた感じ？　先言えよ～。てか稲葉さんも早く声かけてくれたらよかったのに」

稲葉が、作った笑みを貼り付けて答える。

「なんか楽しそうにしてたし」

楽しかったけど、確かに楽しかったけど、それは稲葉と一緒にいるのがつまらないことを意味するんじゃないんだよ？

わかって。お願い。わかって。

「気にしなくていいのに。ってか稲葉さんもカラオケどう？」

「アタシはこれから用事あってさ。だからみんなで行ってきてくれよ。伊織もさ」

「いや、それはわたしらが無理に引っ張ったみたいでヤな感じじゃん。そっちの用事が終わってから合流してくれたらいいよ」

「元々アタシら遊んでた訳じゃなくてさ、用事についてきただけで」

「あ～、そうなの？」

洋子が伊織に尋ねてくる。

「え？　あの、確かに遊びじゃなくて、ただの用事かもだけど」

どうしてこんな流れになっているのだ？　訳がわからない。元に戻したい。でも、どのキャラでどのようにすれば理想の展開が導けるかわからない——ああ。

これじゃまるで、自分が完全に、打算的《ださんてき》な考えで自分を演じているみたいじゃないか。

「じゃ、また明日学校で」

軽く言い置いて、稲葉が立ち去っていく。

「い、稲葉ん！　え、と……」

高いテンションで稲葉をこちら側に引っ張り込むか？　いや、やはり「今日は二人で」と洋子や春菜とは別れるか？　どっちが丸く収まる？　どっちが普通？　いや普通に丸く収まることを考えれば。

「ま、また明日ね！」

去り行く稲葉に、伊織はそう声をかけた。

離れて行く稲葉の背中を、伊織は見つめることしかできない。

「……んー、なんかあたしらまずった？」

春菜が気遣わしげに問う。

「いや、大丈夫だよ」

伊織は言って、笑みを作った。

明日になったらきちんと昨日の件を稲葉に謝ろう。そう伊織は考えていた。先にメールで『ゴメンね』と送ってはいたが、案の定返信は『なんのことだ？』という態度だ。直接話さないと話が噛み合いそうにない。

どうやって話そうかと迷う。踏み込まないと、自分の想いを正確に伝えることは難しそうだ。心の中の深いところを晒すべきか。でも晒すことによる危険はないのか。その前に、稲葉は明日の朝、共に登校するための集合場所に来てくれるのだろうか……などと遅くまでうんうん唸《うな》って夜更かししていたら、――寝坊《ねぼう》した。

「やばいやばいやばいっ！」

伊織は朝食もとらず顔だけ洗って制服に着替えると家を飛び出した。

母親はまだ眠りの中だ。仕事の都合で、今週は毎日帰りがかなり遅くなっていた。

走りながら後ろの髪をゴムで束ねる。

遅刻するか間に合うか。電車の乗り換えが上手くいけばギリギリ間に合うんじゃないかという時間だった。

猛《もう》ダッシュの甲斐《かい》あってこれを逃したらアウトの電車に駆け込むことに成功する（駅員さんごめんなさい）。

一番後ろの車両の、真ん中の扉。途中の駅で待ち合わせる稲葉との合流ポイントがここだった。稲葉が既に到着していればそのまま乗り込んでくるし、電車に乗る伊織が先に到着した時は一旦降りて稲葉を待っていた。

言ってもまだ片手で数えられる回数しか、二人で朝の待ち合わせを行っていない。だけど自分にとっては、既《すで》に習慣だ。もちろん期間限定だとわかっていてもだ。

今日だけは、絶対に一緒に行きたかった。毎日続いていたことを、終わらせてはいけないタイミングだった。

なんでこんな日に限ってやってしまうんだと後悔した。

遅刻する訳にはいかないから、稲葉は先に行っていると思う。仕方のないことだ。

でも、もしかしたら。

そう期待している自分がいた。

稲葉は、ギリギリまで待っていてくれてるんじゃないか。図々しい願望にも程がある。

けれど、心優しい稲葉は、待ってくれているんじゃないかと、思うのだ。

電車がホームに滑《すべ》り込む。

あえて先に結果を見ないで、伊織は扉が開くのを待った。

自分と稲葉の出会いは、運命だと思うのだ。

信じて、運命にしたかったのだ。

扉の開く音がした。

俯いていた顔を上げる。

正面から、サラリーマンと、大学生っぽい人と、学生が、入ってくる。

その中に、稲葉姫子はいなかった。


結局チャイムが鳴っている最中というデッドライン上で遅刻せずに済んだ。

すぐ授業が始まる。一時間目が終わったら稲葉に話しに行こうと決めた。

そして一時間目が終了し、勝負の時。

伊織は素早く自分の席を立ち、稲葉の下に向かう。

「あ、伊織ー。昨日楽しかったねー」

途中で、春菜に声をかけられた。

「う、うん！　また行こうね！」

笑顔で親指を突き立てた。

と、その隙になにをしに行くのか、稲葉は廊下に出ようとしていた。そこを捕まえる。

「稲葉ん」

「……なんだ？」

声と、後、目も恐い。結構怒っている、気がする。

「あ、あのさ、昨日……の前に今日ごめんっ！　寝坊しちゃってメール打つ暇すらなくてっ。今日もあの駅で待っててくれたら」

「特に待ってないから、大丈夫だ」

「あ……、そ、そうか。ならよかった、よ」

うん、よかった。稲葉に迷惑をかけなかったのはよかった。よかった。よかったに違いない。……なんで自分に言い聞かす？

「それから、昨日のこと、ホントごめんっ！　ついてきて貰ったのに、稲葉んをほったらかしにして。全然っ、わたし的にも稲葉んと買い物続けたかったんだけど、用事があるって稲葉んが断るから、流れで」

「うん、わかってる」

簡素《かんそ》な返答だ。感情がこもっていない。

「それだけか？　もう行くぞ」

「いや……うん」

引き留めたい。引き留めてもっと違う言葉をかけたい。

今自分は間違いを犯している。

間違いを犯しているとわかっている。

でも、正しい、こういう場面で普通とるべき態度がわからない。

稲葉が、離れていく。

——失敗、しちゃった？

ただ上手くやる。それを乗り越えて、本物の友達を作るために踏み出した。ところがもう最悪なくらいに、失敗してしまった。

イヤに思われた。嫌われた。もうダメだ。ダメな子と思われた。

もう一緒に帰ってと誘えない。どんな顔をして誘えばいいか見当もつかない。

上手くやりたい。上手くやれない。

友達なんて、作れない。

自分は、どうして下手くそにしかやれないんだ？

＋＋＋

「——まあそんな感じで一緒に登下校してたんだけど、すれ違いがあってさ」

すれ違い、と伊織は表現した。

その通り『すれ違い』だったな、と稲葉は思い返す。

「ていうか今すっっごい時間かけてじっっっっくり思い出してたのに、話してくれたのほんのちょっと過ぎない⁉　一分も経ってなくない⁉」

話す伊織に、唯が凄い剣幕《けんまく》で食ってかかった。

「なんでそんな必死なの、唯？」と青木が訊ねる。

「だって、だって！　二人だけに友情秘話があって、あたしにはないって……！　あたしだけ仲間はずれだったみたいでやだ〰〰〰！」

「それはまあ、仕方ないんじゃないか？」

「仕方ないで済ませたくないのっ！　太一のわからず屋！」

「じゃあどうしろってんですか唯さん」

「どうにかできる方法考えてよ千尋君っ！」

「なんで俺が……」

「はぁ……。ウチの『ぴーちくぱーちくじゃじゃ馬』に火をつけちまったか」

たまに面倒だなと思いながら稲葉は呟く。

「『ぴーちくぱーちくじゃじゃ馬』って語呂《ごろ》が悪い上にもの凄くバカにされてる気がするんですけど⁉」

「あ、あのっ……『ぴーちくぱーちくじゃじゃ馬』さんのことは放っておくとしましても、お話の続きが気になるんですが……。まだストーカーさんと芸能スカウトさんが海の藻屑《もくず》になってませんし」

「からかう気もなさそうに素で言われると……こんなにも傷つくものなのね……。紫乃ちゃんのおかげで……新たな発見が……がくっ」

「唯をやっちまうほどの猛毒《もうどく》とは……！　紫乃ちゃんの毒舌《どくぜつ》はどこまでいくんだ⁉」

伊織はつっこみもせず、あろうことか嬉しそうにしている。

「本来ならつっこむまでもないが言ってやるよ紫乃。誰も海の藻屑になってない」

「え⁉　……え⁉」

「二度も驚いてんじゃねえよ。ったく、どうなったかって言えばだな――」

伊織から話を引き継いで、稲葉は回想する。

◇◇◇

ある種の人間《にんげん》不信《ふしん》と。素のままの自分を出すと上手くやっていけないと思っている感覚と。なによりも失敗しないことを重要視する心情と。もうそろそろ、そんな自分をどうにかしたいと思っている感情と。

配分《はいぶん》まではわからないけれど、そんな構成要素によって、稲葉姫子と永瀬伊織の心は形作られている。

二人は、似ているのだ。

しかしスタンスは違っていて、自分の場合は壁を作って誰とでも適度な距離を取って己を守っている。対する伊織は、手ぶらでひょこひょこ歩いていき、「敵じゃないですよー」とアピールする友好外交《ゆうこうがいこう》で己を守っている。

伊織と買い物に行き、他の奴らに出会ったため中途半端に終わった翌日の朝も、稲葉は駅で伊織を待っていた。

しかし伊織があまりに遅かったので、先に行ってしまった。後から聞くと寝坊しただけらしいとわかり、ほっとした。

だが「待っていてくれたのか」と聞かれて「待ってない」と答えてしまった。

自分でもどうしてそうしたのかわからない……いや。

拗《す》ねていただけ、なんだと思う。

思えば昨日も、伊織が知らぬ間に他の友達と——自分といる時とは違って——テンションョン高く楽しそうにしているのを見て、苛立った。あれも、拗ねていたんだ。

ガキ過ぎる。酷《ひど》く恥じ入ると共に深く反省した。今日一緒に帰る時にでも、ちゃんと謝らなければならない。

「稲葉ん」

ある人物しか使わない名で呼ばれた。席に座ったまま、顔を上げる。

伊織が少し離れたところに立っている。……いや、違う。立っているのは自分の机のすぐ前だ。とても近い位置にいる。

でも、凄く遠く思えた。

「あの、稲葉んさ。もう今日から、一緒に帰って貰わなくて、大丈夫だから」

真剣なトーンだ。

それでも帰ってやるよ、とは、言えない感じの。

「わかった」

そう、言葉を紡《つむ》ぐしかない。

伊織は頷く。悲しそうな顔か、申し訳なさそうな顔か、今の稲葉では判断がつかない。

これで終わるのか？　自分と伊織は元の関係に戻る？　それは、自分は……嫌？

「……なあ、一応確認だけど。もしかして今朝の件を気にして――」

視界に、ぴょこん、とツインテールが飛び込んできた。

「ね、ね、伊織もみんなとカラオケ行ったでしょ昨日？　そこで洋子が割り引き券出し忘れたんだってね！　しかも期限は今日までだから、こりゃ今日行くしかないって言われてさー、真理子さんも行くことにしたよ！　伊織も来るんだよね？」

中山真理子が、伊織に引っ付く。

「え……？　あ、わたしは」

「んーと、そういや稲葉さんもどうっすか？」

「アタシはいいよ」

「そっかー。じゃあ向こうで打ち合わせ中だから行こうか！」

「あ、え、え？」

伊織は中山にされるがまま引っ張られていった。

教室内で、最も華《はな》やかで賑《にぎ》やかな空間に、伊織が加わり色を添える。

きっちりと、伊織はその枠の中に収まっているように見えた。

「……なーんだ」

誰にも聞こえないごくごく小声で呟いて、稲葉は椅子にもたれかかった。

ああ、なんかもうアホらしい。

伊織はやっぱり、自分みたいなのと違って、ああいう奴らと連《つる》むんだ。

部室に伊織は来なかった。中山達と遊びに行ったのだろう。

なので必然、部活終わりは一人で帰ることになった。

久しぶりに一人で行く帰り道は、とても寒々しく感じられた。

家に帰っても気分は晴れない。

部屋でなにをするでもなく過ごし、夕食をとって、また自室にひきこもる。

椅子に座る。

が、すぐに立ち上がって、ぐるぐると部屋の中を歩き回る。

時計を見る。時刻は八時半。

どう振り払おうとしても、頭にあいつの姿が思い浮かんでしまう。

もう遊び終わって、家に帰っているだろうか。いや、遅くまで遊んでいる可能性もあるか。中山は夜まで遊び歩くタイプではないはずだが、他の面子は……確証を持てない。

だから、なにを、考えているんだか。

どうせあいつは他の仲のいい奴に頼んで、一緒に帰って貰っているさ。

自分が気にする必要はない。

今思い出したが、前に伊織が「今週は母親の帰りが遅くて、夜は家に一人だ」と言っていたように思う。……と、また意識が飛んでいる。

ああ、クソが。頭にこびりついてとれねえじゃねえか。

なんなんだよ。

どうして自分は、たかだか一同級生如きに、こんなにも心かき乱されるのだ。

うざったい。胸がつかえる。

こんな思いをするなら、もう、あいつとは関わりたくない。

——その時、携帯電話のコール音が鳴る。

机の上においた携帯電話が、チカチカと緑の明かりを点滅《てんめつ》させている。

どきりとした。

この長さはメールじゃなく、電話だ。

手に取って、ディスプレイを確認する。

発信者：永瀬伊織

今更なんの電話だよ。素直にそう思った。

都合のいい時だけ利用するつもりなら、やめて欲しい。

携帯電話が音を鳴らす、振動《しんどう》する。

手に持ってじっと眺める。

まだコール音は止まらない。まるでこちらに縋《すが》り付くように鳴いている。もういいだろう。やめてくれ。心をかき乱さないでくれ。

電源を切ってやろうかと思ったが、流石にその勇気はない。

鳴る。鳴り続ける。

諦めて、電話に出る。

「もしもし」

『あっ……あの稲葉ん、今……外に誰か……知らない人がいて……恐くて……』

一も二もなく、稲葉は立ち上がって家を飛び出した。


走って駅に向かいながら電話で状況を確認した。

伊織が家に帰ってカーテンを閉めようとした時、男がアパートの伊織の部屋を見ていると気づいたらしい。初めは勘違いかと思ったが、カーテンの隙間《すきま》から覗《のぞ》く限り、もう一時間以上そこにおり、こちらを窺っていることはほぼ間違いないようだ。

例のストーカーかもしれない、と伊織は言っている。

伊織は今家に一人だと言う。警察に電話すべきではと提案したが、まだ事件も起こってない段階で警察が来てくれるのか、などと相談している内にもう直接行った方が早いという話になった。もし動きがあったら、すぐ警察に電話するか近隣《きんりん》の住人に助けを求めるようには、言い含めてある。

電車に乗り込んで移動する。乗ってから、なぜタクシーを使わなかったのかと後悔した。いちいち各駅に停車する列車が死ぬほどじれったかった。

最寄り駅に着くと稲葉は走った。さっき確認した段階ではまだ男に動きはないらしい。

なにをしているんだろう、という疑問が不意に頭をよぎる。

家の外に誰かいる、そうクラスメイトから電話を受け、走って現場に急行する。

彼氏か、とセルフつっこみ。

本当に危険かわからない。本当に危険なら警察なり別の助けを呼ぶべき。その度合いがわからないから、自分が向かっている。

なんて都合のいい存在だ。使われているだけじゃないか。

けど、もういいんだ。そう思えた。

冷静にどんな文句を並べたって、今の自分の行動は止められない。

後から笑われることになっても、今足を止めたら絶対に後悔する。

この確信はなにを以《もっ》てしても覆《くつがえ》せない。

まもなく伊織の住むアパートだ。

電話をかける。五分ほどしか走っていないが息が切れていた。運動不足がたたった。

「はぁ……はぁ……どう……だっ？　……まだいるか？」

『……ひ、東側のビルの庇《ひさし》の下に……』

「はぁ……ええと、東側……」

いくらか息を整えて、呼吸音を抑えた。それからそろりそろりと移動する。

東はどっちだ。あっちか……いた。確かに男が、アパートをじっと見張っている。角度的に、伊織の部屋が、ちょうど直線上に見えると思われた。

ごくりと、生唾《なまつば》を飲み込む。渇《かわ》いた喉《のど》に唾が張り付き、一度では上手く飲み込めなかった。

あれが、ここのところずっと伊織を付け狙っていた、ストーカー。

ストーカーという生き物を、初めて生で見た。

都市伝説じゃなかったんだなぁと、バカみたいな感想を抱く。

——を殺害した男はストーカー行為を繰り返しており——。いつかどこかで聞いた、不吉なニュースが頭に蘇って、すぐ打ち消した。

ぶるっと鳥肌《とりはだ》が立つ。下腹部の緊張を、意識の外に放り出す。

ここはテレビの向こう側じゃない。目の前にある現実だ。地に足をつけろ。

自分なら、この事態だって掌握《しょうあく》できる。

がくがくと足が震える——これは走って足にきているだけ。ビビっている訳じゃない。

男がいる場所は近くに電灯がなく暗がりになっている。十メートル以上離れた背後から見る稲葉には、はっきりと姿を確認できない。

「いるな、男が。帽子《ぼうし》を被ってることしかわからん」

『ゴメン、なんか来て貰っちゃって……。危ないのに……』

「気にすんな。だいたいお前は来てくれとは一言も口にしてない。アタシが勝手に飛び出したんだ」

『それはわたしが……電話しちゃったから……』

「鬱陶《うっとう》しいんだよクソがっ！　もうこのくだりは飽《あ》きてんだよっ！　今目の前の状況をどうしたらいいか考えろっ」

全く、いつまでもうじうじと。……ちょっと前の自分も、似た感じではあったが。

本物のストーカーに狙われ、心細くならないで済む奴がいるか。

「てか、これガチっぽいから警察呼べるんじゃないか？」

『け、警察はまだちょっと……。大げさにしたら、お母さん心配しちゃいそうだし。それに、万が一昔のお父さんのところに連絡いったら嫌だし……。いかないと、思うんだけど』

この家庭、複雑過ぎるだろ。

「わかったよ。とりあえず警察への連絡は後回しだ」

どうしようか。警察はなしとするなら、自分達だけで解決する必要がある。

このままなにもせず立ち去ってくれれば一旦問題は解決する。が、危険は残ったままになる。大声を出したら追い払えるだろうか。それも一時凌《しの》ぎは同じことか。

というか自分を監視していた奴も、今目の前にいる男なのか……？

だとしたら、実は自分も危なかったりして……なんて。

心臓の奥の方が、きゅっとなった。

呼吸が速くなる。

今逃げ去ればダメージはない。危険な目に遭うことはない。

関われば、自分は甚大《じんだい》なリスクを背負う。それは火を見るよりも明らか。

『稲葉ん』

「うおおお!? ……お、脅《おど》かすなよっ」

『……今通話中だよね？　名前呼んだだけだよ？』

「気にするなっ。で、なんだ？」

『あの、まだわたしを監視してると決まった訳じゃないから、確かめようと思うんだ』

「確かめてみるのは……まあ一応やった方がいいかもな」

見る限りでは、伊織の家を窺っているとしか思えないのだが、そうでない可能性はゼロじゃなかった。

『じゃ、わたし外に出てみるよ』

「ん、そうか……っておい今なんつった!?」

『わたし外に出て、それでスルーされたら関係ないってわかるし』

「変なことするなよっ、マジでっ」

なにを考えているんだこのアホ女は。意味がわからない。

『よ、呼んでおいてなんだけど……稲葉んには迷惑かけられないし。電話一回切るね』

「バカ！　おい……切りやがった！」

すぐリダイヤルするが、伊織は電話に出ない。

ずっと怯えていたくせに、なぜ今になって強がるんだ。格好つけた台詞を吐く割に、その声は震えているじゃないか。

自分は傍《はた》から見ているだけでも恐いのだ。当事者である伊織の恐怖は想像もつかない。

なぜあいつは、自分が来ると動き出したのだ。

いや、そうか。

自分が、来たからか。

伊織は迷惑をかけられないと言っていた。

本当はビビっているくせに、人がそこにいるから強がって振る舞って——ああ、まさしく自分も同じじゃないか。もしかすると自分が怯《おび》えているのを伊織に見破られたか。

だから伊織は動き出したのか。

伊織の怯えた声を聞いて飛び出した、自分。

その自分が恐がっているのを知って飛び出そうとする、伊織。

伊織の部屋の電気が消える。

数十秒の時間差があって、伊織が男と稲葉のいる道路に姿を現した。男と伊織の距離は十五メートルくらいか。目算《もくさん》なのではっきりしない。

伊織はほんの一瞬、ちらりと男がいる方向を見た。が、すぐに頭を反対に向けて歩き出す。気づいていないフリをして背を向け、おびき寄せるつもりか。

男の視界に伊織が入ってしまった。いつ動きがあるともわからないから、もう稲葉は安易《あんい》に電話をかけられない。

伊織を見つめる男の後ろ姿を、そのまた後ろから稲葉は監視する。死角に入って、既《すで》に稲葉から伊織の姿は見えない。

その時稲葉の携帯電話が着信を知らせた。すぐに電話に出る。距離から考えて男に聞こえるはずもないが、念のため通話口を手で覆って音が漏れにくくする。

『どう？』

「『どう？』じゃねえよ！　危なっかしい真似をするなっ」

『でも、もう外に出ちゃったし』

「……ちっ。まあいい。……今のところ男に動きはなさそうだ。つーかアタシからお前の姿が見えねえぞ」

『とりあえず、道なりに真っ直ぐ進んでる。振り返らないようにして』

「ああ、変に振り返らない方がいい。しばらく進んだらどっか店に入って時間を潰せ」

心臓が早鐘《はやがね》を打つ。まるで刑事ドラマの登場人物になったようだ。……『まるで』ではなく、実際の犯罪を目にしているのだから、自分は、虚構《きょこう》を超えた物語の当事者か。

『まだ動きない？』

「みたい、だな」

よかった。ストーカーは動くつもりがないらしい。いやこれは、男がストーカーではないことを表して——え？

「おい、待て。男が、動いた」

伊織の家を見張っていた男が、体を丸めてゆっくりと建物の陰《かげ》から表に出る。

祈るような気持ちで稲葉は男を見る。どうか伊織が進んだのと反対方向に行ってくれ。そして、ストーカーとはなんの関係もないと、証明を、して、くれ、と。

「……お前が進んだ方向に、向かっている」

『……え？　ホントに……』

伊織の声の温度が、下がった。

指示を出せ。指示を出す？　なにを。なにを？　そして自分は、どうする。どうする？　どうやって……落ち着けっっ！

「後ろを振り向くな。変に刺激を与えるな。……アタシが後を、追うから」

稲葉は道の端を歩いて、男の後をつけていく。

自分は今、とんでもない状況に置かれていないか。携帯電話を握る手が汗で濡れる。

緊張感が吐き気に変わろうとしている。でも我慢して、慎重に稲葉は歩く。

周囲に人影は少ない。たまに自転車で通る人がいるが、呼び止めてどうの、という隙はない。男に気づかれないよう、しかし見失わないようにするのに精一杯だ。

ストーカー男の更に先を行く伊織の姿が一瞬見えた。ほっとする。しかしまたすぐに見えなくなる。もう少し男との距離を縮めれば伊織を常に確認できるか。しかし近づき過ぎるのは危険か。迷ったが、稲葉はストーカー男にばれない方の選択肢《せんたくし》をとった。伊織を常に視認できずとも、ストーカー男を後ろ三十メートルの距離から追う。

『どう……しよう。……や、逆に考えたら、ストーカーを捕まえる……チャンス？』

「突発的に大胆になるのやめろバカ！　なんも気づいてないフリして歩け！」

コイツの発言には肝《きも》を冷やす。たぶん伊織には妙なスイッチが入っている。

ひたひたと稲葉は男の後ろ姿を追う。暗くてはっきりとした姿は見えないが、人影が他にないので間違いなくつけることができている。

街灯《がいとう》の下に入った時、男の黒っぽい服装がぼんやりと闇夜《やみよ》に浮かんだ。

『歩いていても……どうしようもないよ、ね』

「交番《こうばん》へいけ。いや、コンビニでもいいから店があればそこに入れ」

『わ、わかった』

落ち着いて指示を出す。出せている。非現実な出来事になっても、自分はやれる。

道が長くゆるい下り坂になる。おかげで伊織の姿を視認できた。自分と男の距離が三十メートル、更にその先二十メートルの位置に伊織といったところだろうか。五十メートル走のコースを思い浮かべて距離を推し測る。ひとまずその位置関係を、稲葉は電話で伊織に伝える。

『……無理しないでね？　危なそうだったら逃げてね？』

「そのセリフそのまま返してやるよ」

無理をするなと自分は伊織に思う。

しかし逆に、伊織は自分に無理をするなと訴える。

思いがすれ違っている。いやこれは、二人の思いが、かみ合っていると言うのか。

伊織が角を曲がった。稲葉の視界から消える。伊織を見失わないようにするため男が足を速めた。稲葉も急ぎ足になる。

男のスピードは相当に速く、ほとんど走っている状態だ。稲葉も走って追い縋《すが》る。己のスピードが上がるにつれ、稲葉は焦燥感に駆られるのを感じた。走っていると、どこか余計に切迫感《せっぱくかん》を覚える。

男も角を曲がって、稲葉の視界から消えた。

二人が見えなくなると、急に不吉な映像が頭をもたげた。

見えない場所で、伊織が男に捕まっているのではないか。襲われているのではないか。

恐かった。

自分のせいになるのが……違う！　打算じゃなく伊織が傷つくのが純粋に恐かった！

自分の身なんてどうでもいい。あいつが、あいつが、あいつが。

稲葉は全力で走った。角に差しかかる。曲がる——と。


男がこちらを向いて立っていた。


誰？　関係ない人？　ただの一般人。そうあって、欲しい。

真っ直ぐに視線と視線がぶつかる。距離はある。が、自分が今いるのは街灯の真下。

向こうからこちらの顔は確認できただろう。対する相手側は、帽子を目深《まぶか》に被っている。

あの帽子は、おそらく、いや間違いなく、自分が追いかけていたストーカーのもの。

距離は十五メートル。二十メートル？　近い？　遠い？　判断ができない。認識力が曖昧になる。

足が、その場に釘付《くぎづ》けになった。

それが失態だと、しばらくしてから気づく。通行人のフリをして歩き去れば誤魔化せた可能性はあった。だがもう無理だ。

ストーカー男に、自分は認知された。

最悪のパターンだと、奴は自分のこともストーキングしていたかもしれない。
つまり今自分は、絶望的に、危険な状況。
足が凍りついて動かない。ただ立ち尽くす。携帯電話は、耳に押しつけたまま。
なぜ自分は、自ら死地に飛び込み自爆《じばく》している。
自分のスタンスを考慮《こうりょ》すれば、自分の生き方を前提《ぜんてい》にすれば、それはあり得ない。
間抜けで、間抜け過ぎて、なんでこんなことをやったんだと——。
『……稲葉んどうしたの？』
受話口の先から、伊織の声。
「振り返るな。進め」
——でも後悔しない。絶対。
ここで後悔したら、自分はそれを後からもっと後悔する。
存外強く振る舞えている自分に驚いた。やれる。やれるじゃないか自分。
『稲葉ん……？　なにか、あったんじゃ……！』
が、切迫した声は伊織には逆効果でしかなかったらしい。
今まで意識に上っていなかった視界の端の端、ちらりと動く影がある。
稲葉はそれを、目で追う。
その稲葉の視線に釣られるように、男が首を動かす。

『──あ』

視界の端、遠くで動いたのは伊織、だった。

その伊織と、ストーカー男が向かい合って、互いを認知している。おそらく。

自分から、十五メートル？　二十メートル？　離れた位置にストーカー男。

そこから更に二十メートル？　二五メートル？　先に進んだところに、伊織。

ストーカー男を、伊織と稲葉の二人で、北と南から挟む形だ。

なんだ、この状況は？

あまりに訳がわからなくて、思考が止まった。

だが本能で、止まった思考を叩き起こす。

状況を把握しろ。行動を決定しろ。

時間はない。急げ。それこそ秒単位の遅れが命取りになる。

男に自分と伊織が認知されたのは間違いない。

選択肢、戦闘《せんとう》。男対女二人。男が有利。ストーカー男はなにをやってくるか不明。

選択肢、逃走。二人が逃げれば男はどちらかしか追えない。どちらかは助かる。だが

どちらかが甚大《じんだい》なリスクを負う。却下《きやつか》。

選択肢、なにもしない──のは愚行《ぐこう》。

どうする。どれもダメだ。

と、気づく。今ここをどう乗り切るかばかり考えていたが、ここで敵を躱《かわ》すことができても、取り逃してしまえば脅威《きょうい》が残る。

警察は？　いやここにいるのは自分達だけだ。

防御に徹《てっ》するか。

攻め入るか。

伊織は？

伊織を見た。

伊織を見た瞬間――腹は決まった。

暗いし遠いから、はっきりと視認できない。表情なんてとてもじゃないが窺えない。

でも、あの姿を見た瞬間、戦わなくちゃいけないと思った。

自己本位で生きてきた自分が、初めて他人本位で決定した。

妙な高揚感《こうようかん》が体に上り詰める。なぜこんなにも、やらなきゃいけない気持ちに、そして、なんとかできるという気分に、なるのだ。

これが、誰かのために発揮される力か。

初めて湧き上がってくる力を、ぐっと手を握り溜め込む。

奴に、声をかける。

いきなり襲ってくることはたぶんない。いや、自分の力で襲ってこさせない。説得？

違う、甘っちょろい。言葉で、ねじ伏せるのだ。

奴に罰への恐怖があるなら刑法《けいほう》の条文《じょうぶん》でも持ち出して、いきなり声をかけてきた自分への恐怖があればはったりを利用して、頭のおかしい欲に塗《まみ》れた奴なら大胆《だいたん》な取引を持ちかけて、動きを止める。

上手く丸め込むことができれば万々歳《ばんばんざい》。無理でも、伊織が逃げ出す時間は稼《かせ》ぐ。更に念のため、いつでも一一〇番にかけられるようにしておけば完璧。よし。

「……やってやる」『……やってやる』

『ん？』

決意が喉から漏れ出た。と思ったら、その声が二重になって聞こえた。

まさか。

「お前……なにをする気だ？」

『稲葉んこそ……なにするの？』

「アタシはあいつに話をつけてやろうかと」『わたしはあいつに話しかけようかと』

「『……』」

沈黙《ちんもく》の後、機先を制して稲葉は言った。

「お前絶対無理矢理合わせにきてるだろ！」

同じ思考をして同じ結論に至った？　ねえよ。

『それは稲葉んでしょ⁉　稲葉んは関係ないんだから逃げてよ！』

関係ない。逃げて。

『わたしの方が運動神経いいしっ、最悪逃げれる！　危ないからわたしに任せて！』

やれる。危ない。任せて。

おいおい、この女。

初めは気弱そうに助けを求めていたのに、なぜ今は覚悟を決めている。

ここで決意を固めて戦おうとしているのは、自分、稲葉姫子だ。

自分にないものばかり持っていて、なのに友達はいないとか言って、頼ってきたかと思ったら、ここは任せろとか言って、おいおい、どこまで見下す気だ。

こいつにだけは負けられない。負けたくない。

どこまで好き勝手、わがまま放題振り回せば気が済むんだ。いい加減頭にきた。

もう好きに言わせて貰う。自分の気持ちを、そのまま叩きつけてやる。

「どの口がんなこと言ってるんだっ！　関係はもうあるだろっ。アタシがやるって決めたんだから下がっとけ！　危ないなら尚更《なおさら》お前をいかせられねえんだよっ！」

一気に言ってやった。心底スカッとした。

『危ないからダメって。それで、なんで稲葉んが』

「お前を危険な目に遭わせたくないんだよっ！」

ああ恥ずかしい。でも今は我慢して言わない方がストレスになってムカツク。

『なんで⁉　わたしの問題なのに……。迷惑なんて……』

「お前の問題はアタシの問題でもあるっ！　そう決めたんだよっ。だから迷惑かけろよっ、アタシに」

『――っ』

電話の相手が、言葉に詰まったのがわかった。

たじろいだか。……勝った！

この隙に、動く。

稲葉は足を前に進める。

『……ちょ、待った！　それなし！』

と、視界の先で伊織も歩き出しているではないか。

「お前こそ待てよっ。ていうか逃げろ！　どっちか行ったのに、もう一人も行ったら意味ねえだろ⁉　アタシの方が絶対的に口が回るっ」

『でもあいつはわたしに興味あるからっ。わたしの方が効果は大きいっ』

「その分リスクもデケエだろっ」

『けどわたしだって稲葉んを危険な目に遭わせたくないよっ！　だって大事なさぁ……、大事な……』

今度は稲葉の胸が詰まって、なにも言えなくなった。

その先の言葉。自分が今まで口にできなかった言葉。

それを、言うのか。

確かにそれを先に言われれば、止まってしまうかもしれない。

なら相手だって同じではあるまいか。

つまりここで自分が先に言えば、相手を止められる。そうなる根拠《こんきょ》がなさ過ぎる？

いや、これだけ波長が合っているのだ。あり得る。あり得ると信じる。

なら先に、言わせてやるかよ。先に自分が言葉にして、ぶつける。

「あ、アタシにとっても……お前は……お前は……」

でもやっぱり言葉にはできず、躊躇う。

クソが。言えば、勝ちが決まるのに。あいつを危険な目に遭わせずに済むのに。どれだけ自分にとってハードルの高いセリフなんだ。

だけど言うなら今しかない。

足は止めない。進み続ける。下手をすると互いにストーカーのいる位置まで来てしまう。そうなる前に。早く。相手が辿り着く前に動きを止めて。自分が。

いつだったか難儀《なんぎ》な自分の性格を自覚した。誰とも深く付き合えなくなった。でも学校生活で困らない人間関係は築いてきた。だけどずっと満たされない感覚があって、それを手に入れたいと本当はどこかで思っていて、それが今、手を伸ばせば――。
言うんだ。
稲葉は足を踏み出す。
もう決めた。
前に進む。
伊織の姿がはっきりと視界に映る。
胸になにかが込み上げる。
伊織の表情がはっきりと見えた。
必死の形相。負けじと意地を張っている表情。
張り合う、張り合うことのできる存在が、そこにいる。
言える。言える。言う。
「アタシはお前をっ……」
そこにいる永瀬伊織とは、自分の大事な大事な――。
伊織を映す視界の右端。
黒い固まり。
大きい。
高さは一八〇センチほどか。

帽子を目深に被った、黒っぽい服装の、男。

「ってストーカーあああああ⁉」「ああストーカーあああああああ⁉」

「えええストーカーああああああ⁉」

気づいたらストーカーのすぐ側まで辿り着いてしまっていた！

時間をかけ過ぎて先に体の方がゴールしてしまった。失態だ。というか失態どころではない。やばい。

自分の神経を疑う。しかも同じように叫んだ声が、もうひとつあって、下手をすると伊織も似た状態だったんじゃあるまいか。更にもうひとつ、野太《のぶと》い叫びが……。

野太い、誰の、叫びだ？

自分と、伊織は、もう五メートルほどの距離まで近づいていた。となれば、二人の間にいた人物との位置関係は。

男。全身を黒っぽい服装に包んでいて、目深に帽子を被っている男。

自分のほんの二、三メートル先に、その男は、いる。

「おいっ、おいっ、とっとと下がれ伊織っ！　ストーカーから離れろっ！」

「逃げて稲葉んっ！　早くっ。このストーカーは、ストーカーはっっ！」

「え……俺……？　俺はストーカーじゃないっすっっっっ！」

稲葉と伊織が互いに叫び合っていると、その男も叫び返してきた。

叫び……返して……。

「「え、今なんて？」」


帽子を取ると意外に温厚《おんこう》そうだった男から、事情聴取《じじょうちょうしゅ》する。

「だ、だからストーカーなんて滅相《めっそう》もない！　僕はただの探偵でして……」

「××芸能事務所ってとこから、永瀬伊織さんの素行調査してくれって言われて」

「ああ、なんか途中で『稲葉姫子さんもリストに入れるから』って、ついでに調査させられましたね」

「え〜と、素行調査で普通そこまでやるかわかんないっすね。あくまでクライアントの事情なんで。クライアントって言葉を普通に使ってる僕、格好よくないっすか？」

「や、実は探偵業始めたばかりで。練習も兼ねて色々試しつつ……」

「張り込みとか憧れるじゃないっすか！」

話を聞いていくと全容《ぜんよう》が見えてきた。

つまり。

「芸能事務所からスカウト候補である永瀬伊織さんの素行調査を依頼されて、ついでに見つけた新たな候補者の稲葉姫子さんも、って頼まれて。新米探偵なんで練習もしておこうかと個人的に思って、尾行なり監視なりを行っていたってことっすね！」

「『ことっすね！（笑顔）』じゃねえよ！　テメエ人様にどんだけ迷惑かけてんだクソ野郎っ！　手に入れた情報全部破棄して今後二度とアタシ達に近づくな！　次なんかやったら民事《みんじ》訴訟《そしょう》起こすからなっ！　名刺出せ！　免許証で名前確認させろっ！」

「ひ、ひぃ⁉」

「おい、伊織も二、三発殴ってやれ」

「……稲葉んの追い込み方が抜かりなさ過ぎてなにもする気にならないよ」

そんなこんなで、ストーカー騒動は終結を迎えた。

「全部繋がってたんだねー」

ストーカーも追い払って二人きりになった後、伊織は呑気《のんき》に感想を話す。

「アタシは徒労感《とろうかん》で足腰にきてるよ……。結局、スカウトの件さえしっかり断っておけば、後はなんの心配も要らなかった、って？」

やってられん。どれだけの労力《ろうりょく》を割いたと思っているのだ。特に心労が酷い。

「でもさ、ものすごーく自分勝手な言い方をすれば、わたしは今回の出来事があって、よかったと思ってるよ」

「はぁ？」

頭おかしいんじゃねえの？

「だって……その、稲葉んと……」

伊織が頬を赤く染めて呟く。

こちらまで、頬が熱くなる。とてもじゃないが伊織の顔を見ていられず、稲葉は空を見上げた。

綺麗な月が、二人を見守るように、優しい色で輝いている。

むず痒《がゆ》い、変な雰囲気だ。そう言えば、お互い興奮していたこともあって、さっきストーカー男を追い詰める際、電話で凄い話をしていた気がする。

あんなにもお互いの感情を晒し合った後自分は、どうすればいいのだろう？

「い、稲葉ん……！」

「は、はいっ！」

伊織が真剣な面持ちで、真っ直ぐ見つめてくる。

重大なセリフを言おうとしているのか。口の端が震えている。

ごくり。稲葉は唾を飲み込む。

「稲葉ん……凄く走って、汗かいて、気持ち悪いよね？」

「え……まあな」

「結構夜遅くにもなっちゃったし」

「お、おう」

「しかもさ、お母さんからメールあって今日家に帰れないんだって。だからわたし……今晩家に一人なんだよ」

「……」

「だっ……、だからもし、お家の都合がつくなら、泊まっていかない、かなっ？」

「……アタシはお前と『そういう』関係になるつもりはないぞ？」

「わたしもないよっ！　……って、なんで胸押さえて後ずさりすんのさっ⁉」


その夜、伊織の家で、二人はたくさん話をした。

「ガールズトークって訳か。アタシあんまり経験ないんだよな」

「わたしも経験ないよ……。……初めて」

「……変な空気作るのやめてくれないか？」

「今のは稲葉んのせいじゃないかな⁉」

まずは昨日今日で、妙に気まずい雰囲気に陥《おちい》ってしまったことについて。

「もう稲葉んに迷惑かけちゃダメだって本気で思って……だから、『一緒に帰って貰わなくて大丈夫だ』って」

「いいんだよ、迷惑かけて。かけて欲しいくらいだ。アタシこそ、変な意地を張っちまったしさ。お前と仲いいはずだって、思ってた、から」

「仲いいよわたしと稲葉ん。少なくともわたしは、一番仲よくなれる……なりたいって、思ってる」

「でも」

口にするのは、拗ねているみたいで結構恥ずかしい。

でも言わなくちゃ。

言わないで、すれ違うのは、もう嫌だから。

「他の奴らといる時の方が、お前、楽しそうじゃないか」

「あのね」

伊織は表情を消して言ってから、

「あのね」

もう一度そう呟いた。

どんな話が始まるのか、恐いとさえ思いながら待った。

「こんなこと言うと引かれるかもしれないけど、稲葉んには話すよ。わたしには、家庭環境とか色々重なってトラウマ……みたいなものがあって」

「聞くよ。聞かせてくれよ」

「えと……じゃあ……わたしには父親が五人いるんだけど——」

二人で明け方まで、本当に色々な話を語り合った。

「──っと、もう四時じゃねえか」

「いやぁ、ディープな話したねぇ」

伊織も流石に疲れたみたいだ。

「そろそろ寝るか……あ」

一つ、忘れ物があることを思い出した。

「どうしたの？」

本当はずっとずっと手に入れたくて、だけど遠ざけてきたもの。

もう、この言葉を口にするのに抵抗はなかった。

「こういう関係をさ、……友達って言うと思うか？」

「……わかんない、や」

ああ、確かにわからない。

だってそれは、別に周囲の状況で決まることでも、誰かによって決まることでもない。

「結局、自分で決めることだしな」

他人がどうとかじゃなく、自分がどう思うか。

どう、思いたいか。

「じゃあ、今二人で決めちゃおうか！」

伊織はにんまりと、月よりも輝かしい笑顔を浮かべる。

「二人は今から……友達っ！」

＋＋＋

稲葉が話すのを、伊織は目を瞑《つむ》って聞いていた。懐《なつ》かしいなぁ、と感慨《かんがい》に浸《ひた》る。

自分は稲葉と、初めての、本物の友達になった。

おかげで吹っ切れたのか、それからもたくさんの人と友達になれた。

おまけに去年一年の不思議な体験で自分を見つめ直せて、変な『こうするだけの』友達、みたいな感覚も薄れていった。

「――って感じかな」

「あ、あのっ……芸能事務所さんの方は最後どうなったんでしょうかっ⁉」

紫乃が、興味津々といった様子で聞いてきた。

「えっと……、稲葉んが探偵を使ってたこととかしつこい勧誘とかの証拠を押さえた上で、相手方の事務所に乗り込んでうにゃうにゃと……」

あの時、稲葉を敵にしてはいけないと伊織は確信したのだ。

「相手をうにゃうにゃに……ひえええぇ⁉　す、凄いです！」

紫乃の想像したうにゃうにゃとはいったいなんだろうか。あえて聞かないけど。

「でもそんな面白くもないでしょうに。他人が仲よくなる話なんてさ」

一番重要な心情の部分をぼかして話しているのだ。まあ、ストーカー疑惑とか、スカウトとかは、ちょっと刺激的かもしれないが、言ってもそれだけだ。

ところが意外な人物が肯定《こうてい》してくれた。

「いや、聞けてよかったですよ」

宇和千尋が、そう言ってくれた。

「……あの、なんでみんな俺の顔見るんですか？」

「そりゃ」「なあ」「うん」「確かに」

唯が、太一が、青木が、稲葉が、目配《めくば》せして頷き合う。

その様子を見て千尋は不満げな表情を浮かべる。

「なんっすか、それ」

おっと、フォローフォロー。たまには部長らしいことをしないと。

「やーやー、ちっひーが言うのは予想外でびっくりしちゃっただけさね。……てかそんなに面白かった、一年生のお二人さん？」

「はい、とっても」

「まあ、はい」

「んじゃ今からの『お茶しながらトーク』でさ、わたし達文研部の昔話をするのってどうかな！　せっかくこの部に入って仲間になったんだから、もっと仲よくなろうよ！」

先輩と後輩という関係、それは友達とは違うのかもしれない。

でも自分は友達だって考えてしまおう。

どうせ、思った者勝ちなのだ。

大人になれば一歳の差なんて誤差だ。固定観念《こていかんねん》に捕らわれて、同学年でしか友達を作らないなんて、もったいないにもほどがある。

だって友達は、本当に素晴らしいものであるから。

「紫乃ちゃん、ちっひー！　わたし達は先輩と後輩って関係でももちろんあるけど！　でもそれだけじゃなくて――」

――友達だからねっ！

デート×デート×デート

今日も今日とて、桐山唯《きりやまゆい》は一人自室で思考《しこう》を巡《めぐ》らせる。
わかっている。わかっているのだ。
付き合う、っていうことは、付き合う、って言って終わりじゃない。
そこから乗り越えなきゃいけないステップがたくさんある。
恋人として進んでいかなければならない道のりがある。
デートして、手を繋《つな》いで、腕《うで》を組んで、肩を寄せ合って、抱きしめ合って、キスして。
「ひゃ〜〜〜〜〜〜〜〜〜〜〜〜〜〜〜〜！」
唯はベッドの上でばたばたと悶《もだ》える。枕《まくら》をぎゅっと抱き寄せて、その中に顔を埋《う》める。
それをやるのか。やるのだろう。やらなきゃいけないのだろう。
ステップを踏んでいく。自分が。
誰《だれ》と？
そりゃ、彼氏と。
青木義文《あおきよしふみ》と。
「ひゃ〜〜〜〜〜〜〜〜〜〜〜〜〜〜〜〜〜〜！」
唯は再びごろんごろんと右に左に転がる。
「……でも、やっていかなくちゃ。だってあたしは……」
障害物《しょうがいぶつ》があって、ずっと、ずっと進めなかった道を、歩き始めているのだ。

恋人として、すべきことがある。じゃないと恋人同士になった意味がない。

自分だって、みんなと同じようにやっていかないと。

「付き合ってるんだもんね……。ひゃ〰〰〰〰〰〰〰！」

「お姉」

耳に飛び込んできた声に、唯はベッドの上でぴたりと動きを止める。

ぎしぎしと錆《さ》びついたロボットみたいな動作で、首をゆっくり部屋の入り口へ動かす。

「……お姉、ごはんできてるよ」

「そ……そう。……す、すぐ行くわ」

こくんと首肯《しゅこう》すると、妹の杏《あんず》は入り口から覗《のぞ》かせた顔を引っ込める。

と、思ったら再び顔を出した。

「あの……お姉。今のは……見なかったことにしてあげるね」

優しさが逆に辛《つら》くて、唯は枕に突っ伏して涙した。

＋＋＋

ただでさえ高校生活最大規模《きぼ》の課外《かがい》イベントにもかかわらず、とある影響で更にとんでもない騒動《そうどう》にまで発展した修学旅行から三週間ほど経った。

八重樫太一《やえがしたいち》には苦い思い出もある。その分成長できた部分もある。

今はもう、全く知らぬ相手から恋愛相談をされる場面も少なくなった。

季節は十一月。秋も深まったが、まだ心地のよい気候《きこう》が続いており、冬の到来《とうらい》は先のことに思える。けれどたぶん、あれよあれよという間に寒さを恨《うら》めしく思う時期がくるのだろう。

この間ちょっとしたブームでたくさんのカップルが誕生、なんてこともあった。しかし結局はいつも通りに落ち着いて、穏《おだ》やかな時間を刻《きざ》む私立山星高校《しりつやまぼしこうこう》の、二年二組。

「あんた一回もデートしてないってどういうことなのよっ！」

陸上部所属《りくじょうぶしょぞく》の栗原雪菜《くりはらゆきな》が荒れていた。

マジあり得ない……、と呟《つぶや》きながらウェーブのかかった明るい髪を押さえる。長身ですらりとした体つきの栗原は、背筋を伸ばして目の前の相手を威嚇《いかく》する格好《かっこう》だ。

対面に座るのは、

「だ、だって……」

栗原とは逆に小さな体を、更に小さくする桐山唯だ。

ご自慢《じまん》の栗色《くりいろ》ロングヘアーも、今は二割ほど輝きが減っている。

放課後、教室に残って太一も含め何人かで話していると、桐山の発言が栗原の怒りを買ったのだ。

「だってもクソもない！　付き合って三週間だよ！　道場《どうじょう》もあって忙しいのはわかるけど、全く休みがなかったワケでもないし！」

「雪菜ちゃんどーどー、落ち着こうぜ落ち着こうぜ」

永瀬伊織《ながせいおり》が割って入る。絹糸《きぬいと》の如《ごと》き長髪が醸《かも》し出す優しげな雰囲気《ふんいき》に、内に秘めた強さも合わさって、最近ますます魅力的になったと思う。

「あ、ああごめん、最近自分がご無沙汰《ぶさた》なのもあって興奮した」

ご無沙汰ってどういう意味だろうなと考えながら、なんとなく太一は目を逸《そ》らす。

「……でもさっ。あんたがなにもしてないのはおかしい！　付き合ったんだよ!?　あんた超可愛いんだよ!?　やっと二人で恋バナできるんだよ!?　あ～もったいない！　あんたは人生の半分を損《そん》してる！　今のペースじゃ卒業までにキスもしないんじゃない!?」

「き、キスって……そんな……」

桐山は顔を赤くして、もじもじと手遊びする。

「小学生か！　高二なんだから付き合って一日、二日でちゅっちゅっちゅっしなよ！」

「ちゅ、ちゅ……て、すぐにできるものじゃ……。ていうか雪菜声が大き過ぎ……」

「んなこと言って！　いつ最後まで辿《たど》り着くんだって！　とっととセッ――」

「規制《きせい》入りまーすっ！」

素早く動いた永瀬が栗原の口を強制的に手で閉じた。

「永瀬グッジョブ」と太一は呟く。

「まだクラスに男子も残ってるんだから……つーかここに太一いるし」

言ってから永瀬は手を放す。

「もご……ぷはっ！　……うん、ごめん。でも、この子が付き合ってるのにまだデートもしないから、さ。『どうなの？』って聞いたら『順調順調』って言うし、しばらく任せていたら……。なんで嘘《うそ》つくの」

栗原の睨《にら》みに桐山は今にも逃げ出しそうな様子だ。

「ひ……その……じゃ、というか！　中山《なかやま》ちゃんはどうなの⁉」

「ぬっ⁉」

追い詰められた桐山が、輪の中にいた中山真理子《まりこ》に話を振った。中山は書道部《しょどうぶ》に所属する、ツインテールがトレードマークの明るく快活《かいかつ》な女の子だ。

中山も一カ月ほど前——太一と桐山のアシストもあり——、野球部《やきゅうぶ》の石川《いしかわ》と付き合い始めた。当初隠れて交際していた二人だが、ぼちぼち噂《うわさ》は広まっているらしい。その話を聞かされた者は、寡黙《かもく》で武士《ぶし》っぽい（中山曰《いわ》く）石川と、底抜けに明るい中山の組み合わせに、十中八九で「予想外過ぎる」とコメントしていた。

「中山ちゃんは石川君とデートしてるの⁉」

追及《ついきゅう》を逃れたいのが見え見えのパスだ。これじゃ怒れる栗原も納得すまい。

「今はあんたの話してるでしょ？　中山ちゃんは関係ないよね？」

「そ、ソウダヨー、今は唯ちゃんがデートしてるのかの話であって、わ、わたしがデートシテルカハ……関係ナインダヨー」

「………中山ちゃん？」

「な、ナンデスカナっ、雪菜ちゃん？」

中山も誤魔化《ごまか》しが下手だった。

「中山ちゃんの場合一カ月以上、もう一カ月半か？　付き合ってるんでしょ？　なのにデート……してないの？」

栗原はカルチャーショックを受けたように愕然《がくぜん》としていた。

「なにをどう間違ったらこんなことに……ああ、あり得ない……」

「でも、付き合い方って人それぞれじゃないか？」

場を和《なご》ませようと太一は口を挟んでみる。

「よ、よく言ってくれた太一！」「だ、だよね八重樫君！」

「シャラーップ！　んなこと言ってるけどね！　稲葉《いなば》さんと八重樫の近頃の距離を見るに、これはもう複数回のセッ——」

「規制パート二〜〜〜〜〜〜〜！」

再び永瀬が栗原の口を押さえる。永瀬に感謝すると共に自分達はプラトニックな恋愛をしていると付け加えておこう。

「もご……ぷはっ！　伊織！　あんたちょっと力が強いよ！　……と・に・か・く、付き合ってるんだから、デートくらいしなさい。野次馬《やじうま》根性で言ってるんじゃないよ。二人のために言ってるの」

「……うん、していかなきゃなって思ってるんだけど」

「……はい、何分初めてでなにをどうしていいやら」

桐山と中山の二人がしょぼんと落ち込む。

反省する二人に、栗原の溜飲《りゅういん》も少し下がったみたいだ。

「ていうか、男二人が情けないんだよね。付き合って間もない彼女をほったらかしなんてホント考えられない。今度シメるぞ」

「……雪菜ちゃん恐くね？」

「……普段は真面目《まじめ》だし優しいのにな」

永瀬と太一はひそひそと話す。栗原はこと恋愛に限ってはとてもうるさいキャラだった。藤島《ふじしま》のポジションも脅《おびや》かしかねないではないか。

「や、違うよ雪菜！　青木は悪くないよ……誘ってくれたことはあるし、でも、なんか心の準備ができなくて、ちょっと待ってみたいな」

「み、右に同じなんだよ！　石川君も、野球部の練習が忙しい中予定空けてくれて、でもその時行こうとした場所が改装中の休館日で流れちゃって、なんだか……う……や、……むや……に……？」

「な・ん・だ・と・あ・ん・た・ら！　アプローチはあったのに応じてないのか！　許せん！　そりゃ許せんぞ！」

「ゆ、雪菜ちゃんが荒ぶっておられる！」

永瀬が叫ぶ。ここまで怒り狂われると、藤島より栗原の方がよっぽど恋愛神だ。

「……」

「どうしたの太一、急にきょろきょろして」

「いや、流れ的に藤島が出てくる気がしたんだけど……いないみたいだな」

部活に行ったか帰宅《きたく》したかだろう。流石《さすが》にそう都合よく現れることもできまい。

「……」

「なんでまたきょろきょろするのさ」

一度油断《ゆだん》させておいてくるのかと思ったがそれもなさそうだ。藤島の神出鬼没《しんしゅつきぼつ》さにも限度があるみたいでよかった。

「決めた！　明後日の土曜、唯と中山ちゃんの二人はデートしなさい！　逃げられないように、二組一緒のダブルデートにするから！」

「「無理無理無理無理無理！」」

「なにが無理なの？　付き合ってるんだから平気でしょ？」

「ま、待って雪菜。初めてがダブルデートは難易度《なんいど》が高過ぎっ」

「そうだよそうだよ雪菜ちゃん！　片一方が経験者ならまだしも、両方初心者じゃ、失敗は目に見えておる訳でっ」

桐山と中山の二人は必死に抗弁《こうべん》する。

栗原は間違いなく本気だった。大変だなぁ、と思いながら太一はその様子を眺《なが》める。

「なら八重樫と稲葉さんカップルも連れて行く！　トリプルデートにしてやるっ！」

「おい、なんでだよ」

傍観者《ぼうかんしゃ》ポジションだったのに思わぬ火の粉《こ》が飛んできた。

「いいじゃん、どうせ二人でラブラブなデートするつもりだったんでしょ？　ならおまけが四匹いても変わらないって」

「おまけの方が多いだろ。俺と稲葉のデートも人に見せるものではないし……」

「い〜の、んな変なデートはしてないでしょ……してないよね？」

「なにを疑っているのか知らんが全く正常だぞ」

「……念のため聞くけど、デートってどんな感じ？　その二人の正常って……」

ぐっ、と目に力を込めて栗原が見つめてくる。そんなに自分達カップルからはアブノーマル臭《くさ》い雰囲気が漂《ただよ》っているのだろうか。

「お互いが行きたいところについていく感じが多いかな？　プロレス行ったり、電気街《でんきがい》行ったり」

「……それ、デートなの？　まあ、デートと言ってもいいけど。特別なところに行くとか、ないの？」

どうしてだろう、栗原の目が徐々《じょじょ》につり上がっていく。

「ないこともないぞ……そりゃ。多いかと言われれば多くないか。……あ、で、でもよく稲葉とはカフェに行くかな！　二人でお茶するんだ」

「えーっい！　デート力が低過ぎんぞこりゃあ！」

突如栗原はエアちゃぶ台返しを炸裂《さくれつ》させた！

その後栗原が机にがくっと突っ伏す。

「……せっかくみんな絵になるカップルなのに。恋愛力を高めて……人生を謳歌《おうか》して欲しいのに……はっ！」

今度は突然顔を上げて立ち上がった。

「わかった……あたしがやるしかないんだ……それが天命《てんめい》だ！　いい？　トリプルデート、本当にやるよ。あたしがプロデュースするから」

「え、え、もう決定事項なの雪菜!?　でも青木が大丈夫かどうかは……あああああ」

「雪菜ちゃん大先生！　お相手の都合も……野球部の練習も……おおおお」

桐山と中山の二人はおろおろする。

「冷静になってくれ栗原……。な、永瀬！　止めてくれないか!?」

太一は、今やこの場で唯一の第三者になった永瀬に救いを求める。

「雪菜ちゃん」

すくっと立ち上がった永瀬が栗原の前に立った。

「超面白そうだね、わたしもついていっていいかなっ！」

「期待通りだったな！」

楽しそうなことは我慢《がまん》しないのが、永瀬の性分《しょうぶん》なのだ。

「よーしじゃあ各自のパートナーに土曜の予定を確認！　無理って言っても別日にやるだけだよ！」

こうして、太一達の意見は無視され、太一・稲葉組、桐山・青木組、中山・石川組のトリプルデートが、栗原・永瀬コンビの演出の下、行われることになったのだ。

……どうしてこうなった？

◆◆◆

迎えた土曜日。なんの因果《いんが》か、全員の予定が合ってしまった。

「諸君、よく集まってくれた。今日一日は我々の指示に従って貰《もら》う」

パーカーにデニムというラフな格好の永瀬が、腕を組み仰《ぎょう》々《ぎょう》しく語る。

「……んだよこれ、遊ばれてるだけだったら怒るぞ？」

不機嫌《ふきげん》さを隠そうとしないのは、八重樫太一の横に立つ稲葉姫子《ひめこ》である。

普通なら、彼氏である自分がそんな彼女をなだめなきゃならないのだろう。しかし今は勘弁《かんべん》して貰いたい。むしろ稲葉をこの場に連れて来ただけでも褒《ほ》めて欲しい。

無理に連れてこなくてもよかったのかもしれないが、それだと桐山達、中山達が不憫《ふびん》だと思ったのだ。

「遊びではない！　疑うのなら、恋愛クイーンのありがたいお言葉を聞いて悔《く》い改めるがいい！」

永瀬がさっと指す先に、今回の企画立案者《りつあんしゃ》、栗原雪菜が立っていた。足下はレギンスにホットパンツ、上は白いシャツに赤いニットを着込んでいる。凄く大人っぽい姿だ。背も高いし、大学生と言っても通用するんじゃないか。

「その通り！　これはみんなに恋愛の楽しさを知って貰うための企画だ！　茶化すつもりはないし、みんなの恋が上手くいくことを心から願っている！」

気合い十分に語ると、栗原は稲葉の方を向いた。

「ていうか稲葉さんばっちり決めてきてるじゃん！　シンプルだけどエロいよ！」

「色っぽいくらいの表現でいきませんか雪菜ちゃん！　まだ午前中ですよ！」

早くも暴走気味の栗原を永瀬が止めていた。

しかし栗原の言う通り、ピッタリとからだに張り付く七分丈のベージュのパンツに上は白のカットソー姿の稲葉は、シンプルさが素の美しさを引き立て、確かにとてもエロ……もとい色っぽかった。

「は、はぁ？　ちょろっとそこらへんにあったやつを着てきただけだよ」

「否《いな》！　適当に選んでそのバランスにはならないね！　シンプルなものほどフィット感やシルエットが重要だから、相当色んなお店を見て探したはずだ！」

「う……ぐう……」

稲葉が押さえ込まれていた。というか、そんな事実があるとは知らなかった。

栗原は優しげな顔で稲葉に近づく。そしてぽん、と肩に手を置く。

「大丈夫、稲葉さんは凄くいいと思う。知識と経験はまだまだだけど、これからいくらでもレベルアップするはず。今日は一緒に頑張ろう」

「……まあもっと上を目指せるのなら目指したいし、収穫《しゅうかく》があれば儲《もう》けものだし……。よろしく頼む」

稲葉はポジティブに捉《とら》えてくれていた。なによりだ。

「対して問題はお前だっ！」

「てっ!?」

栗原に脇腹《わきばら》を小突かれた。

「見たところ、まだ稲葉さんの格好を褒めてないみたいだけど」

「え……あ、それは追い追いタイミングを見つつ……」

「会ったらすぐでしょ！　可愛い彼女のためにも、八重樫には厳しくするよ」

目が恐かった。そう言えば陸上部の奴からも、『栗原面倒見はいいしいつもは優しいけど、怒ると恐い』と聞いたことがあった。

「本題はそこの二組なんだけどね」

くるりと栗原が向き直る。

桐山唯と青木義文、それから中山真理子と石川。

二組のペアは、それぞれ並び合ってはいるが、微妙な距離感を保っている。

ちょっと遠く、まあまあ近い。そんな間隔《かんかく》だ。

「固い固い。一番心安らぐ相手が隣《となり》にいるんだからリラックスしていいんだって」

早速栗原の声が飛び、続いて永瀬も言う。

「いいきっかけだと思ってさ。今日学んで、しっかりデートできるようになろうね！」

「……永瀬の立ち位置がよくわからんな」

太一はぼそりと呟く。おそらく面白いから乗っかっているだけだろうが、よくよく考えると永瀬もさしてデートの経験はないはずだ。

「いいの、唯？　オレは慌てなくてもいいと思ってるけど」

「い、いいの、よ！　みんなでデートってのも悪くないし。始まったらカップルに別れて行動するし。ずっと二人きりでもなく、みんなとばかりいる訳でもなく、そのバランスが絶妙だし！」

「なんかテンパってない？」

「て、テンパってなんかない！」

青木に言い返す桐山はふわふわと女の子らしい花柄《はながら》のワンピースに身を包んでいる。少し子供っぽくも思えるが、その分純粋《じゅんすい》な可愛さが増して見える。誰しもがぎゅっと抱きしめたくなる可憐《かれん》さだ。

「オレは唯と遊べたら楽しいし、嬉《うれ》しいけどさ」

「ちょっと……あんた、なによ……」

桐山は顔を赤くしていた。

悪くない雰囲気じゃないのかな、と考えながら太一は目を移す。

「石川君……ごめんね、変な流れを断り切れずに……」

ツインテールの中山が、恐る恐る自分より背の高い石川を見上げている。中山は水色のスカートに、上はグレーのパーカーを軽く着こなしている。ラフで、でも女の子らしい可愛さもある、中山らしい格好だった。なんだかんだ、背伸びしない格好が一番男に受けるものだ。

「痛っ⁉」

「……他の女を可愛いと思うのもそこまでにしとけよ」

脇腹をつねりながら稲葉が言う。勘《かん》が鋭い彼女を持つと大変である。凄く。

「いや、俺は中山がいいのなら、それで」

どっしりと構えて石川が話す。戸惑《とまど》っている感じもなく、落ち着いた様子だ。

常に平常心《へいじょうしん》の石川は、こんな状況も平然と受けきっているのだろうか。

「わ、わたしも……石川君がオーケーなら……オーケーだ」

対して中山は日頃のテンションからほど遠く、いつもより非常に大人しい。だけどそわそわとちっとも落ち着いていない。大丈夫だろうかと傍《はた》から見て心配になる。

「さあ、溜まってても仕方ないから始めるよ」と栗原が声を上げる。

「まだ今日なにをどうするか、聞いてないんだけど？」

桐山が尋ねる。

「任せなさい。今日一日でみんなのカップル力をとことんアップさせるから！」

「ってなワケで公園デートしまーす」

栗原の宣言に中山が過剰反応《かじょうはんのう》する。

「なんで公園なのかな雪菜ちゃん⁉　なんもないよ⁉　動物も魚もいないし、アトラクションも動いてないし映画も上映してないよ⁉」

「中山ちゃん、もしかしてそういうところに行くのがデートだと思ってた？　甘いね。二人でいること、それが最早《もはや》デートであり、デートであればどんな場所にいてもそこはパラダイスなんだよ」

「よっ、名言だ雪菜ちゃん！」

永瀬が合いの手を入れる。一人随分《ずいぶん》と気楽そうだ。

「だが栗原、いきなりなにもない公園だと初心者は間が持たなくないか」

稲葉が発言する。

「はい、その通りです稲葉さん。確かに二人でいる時のスタイルが確立されるまで、なにもないのは会話に困るし、どうしていいかわからなくなりやすいね」

「そ、そんな難易度が高いの困るわよ！」

桐山もあたふたしている。

「だからこそ、だよ。今やれるレベル確かめたいんだよね。デートしてないって言っても、二人で話したりはしてるでしょ？　その成果を確認します。稲葉さんと八重樫は余《よ》裕《ゆう》だろうけど、合わせてあげてよ」

「とはいえ俺も公園デートと言われると……」

経験がないし、妙に意識して照れる。

「みんなの彼氏・彼女力がどれほどのものか、期待してるよ！」

フリーに動く永瀬が無駄《むだ》にハードルを上げる。

「この先の公園が綺麗《きれい》で雰囲気もいいから。そこで各自バラバラになって、歩くなり座るなり喋《しゃべ》るなり飲み物でも飲むなりして、時間になったら集合。あたしと伊織も無理に覗《のぞ》いたりはしないから。それじゃあ……」

栗原が永瀬に合図を送ると、今日も元気な盛り上げ隊長が叫んだ。

「始め〜〜〜〜〜〜っ！」


〜雪菜と伊織の観察①〜


さあついに始まっちゃう訳だね、自分の企画したこのスペシャルなデートが。

栗原雪菜はよしっと改めて気合いを注入《ちゅうにゅう》。

先ほどは皆の気持ちを盛り上げるためにテンション高くいってみたのだが、上手くいっただろうか。

ダブルデートならあるが、トリプルデートは自分ですら経験がない。どんなトラブルが起こるかわからないから注意が必要だ。慎重《しんちょう》な対応をしないと事故に繋《つな》がる。

「雪菜ちゃん、目が真剣そのものだね」

隣の伊織に指摘《してき》される。

「当ったり前。一つのミスが、カップル崩壊《ほうかい》に繋がるかもしれないよ」

言うと、伊織の目も真剣みを帯びる。

「そうだね、些細《ささい》なことがその人の人生を大きく左右するかもしれないもんね」

「そのくらいの力が恋愛にはあるから……」

恋愛の素晴らしさ、そして恐ろしさ。

「じゃあ気を引き締めて、いこうか」

「了解、雪菜ちゃん」

二人で歩み出す。まるで二人で戦場に向かうような奇妙《きみょう》な連帯感《れんたいかん》があった。

奇妙？　当然と言っていいか。

恋愛は、戦争だから。

失敗のできない戦いがそこにはある。全神経《ぜんしんけい》を集中させる。

この高揚感《こうようかん》は戦いに向けてのものだ。いやそれとも――。

と、そこで伊織が口を開く。

「……でも人の恋愛を覗くのってちょっと楽しいよね」

「そいつも全くもって否定できないなっ！」

だってそりゃそうっしょ〰〰！


皆が出発してからしばらく時間をおいて、雪菜は伊織と共に行動開始。周囲に気を配ってきょろきょろしながら園内を移動する。

「凝《こ》った生《い》け垣《がき》だねぇ。花も咲いて綺麗だし」

伊織が綺麗に切り調《ととの》えられた生け垣を見て感想を漏らす。

「この公園、生け垣とか、変わった形の木だったりで姿が隠しやすいでしょ。人もそこそこ多いし」

気持ちよく晴れたこともあってか、公園での散歩を楽しむ人が結構見られる。かと言って人が多過ぎ、騒がしいほどでもない。

「清掃《せいそう》も行き届いてるし綺麗でクリーンな公園だよねぇ。無料でいいの？　これ税金で賄《まかな》って大丈夫なの？　って感じ」

「親に聞いたんだけど、なんでも市長が熱心らしくて……っておばさんみたいな会話してる場合じゃない、見て」

視界の先に見知った二人の姿を捕捉《ほそく》した。一度立ち止まって、近くの木陰《こかげ》に隠れる。

「おっと太一と稲葉んがベンチに座ってますね。近くに他の組は……いないね」

三組のカップルには別方向に歩いていって貰ったし、他とかち合う心配はしなくてよさそうだ。

「さて、もっと近づきたいね。ただ見つかると普段の二人が見られないから……」

「ですね雪菜ちゃん。うーん、と。……生け垣に沿って左側から回り込んで、一旦身を隠すものがなくなるけどダッシュで休憩室《きゆうけいしつ》の裏手に回れれば……」

「それでいこう」

伊織のルート提案に雪菜は乗っかる。ていうかスパイ映画みたいでちょっと楽しいぞ。……おっと、ダメだな。重要な任務《にんむ》に集中だ。

「振り返らないでよね……。よし、ゴー」

雪菜の合図で伊織と二人で腰を屈めてダッシュ。途中散歩していた老夫婦に怪訝《けげん》な顔をされたがそんなことは気にしない。

最後、蔽遮物《しやへいぶつ》のなくなる最難関ポイントもクリアし、屋根《やね》付き屋外休憩室の裏手に到達した。「ふぅ」と息をつきながら伊織と顔を見合わせ、親指を突き立て合う。八重樫と稲葉はその数メートル先にある外のベンチに腰かけていた。

『――と言われても、だよな』

八重樫の話す声が聞こえる。休憩室の屋根に上手く反響してくれて十分聞き取れた。並んでベンチに座る二人が背後を振り返ることもなさそうである。よしよし。

アイコンタクトで雪菜と伊織はその場にしゃがみ込む。これで絶対に見つからない。稲葉が声を発する。

『公園だなぁ……。花が咲いているなぁ……。あの噴水《ふんすい》綺麗だなぁ……』

『おい、ゆっくり取り上げていくべき話題を一気に消費《しょうひ》するなよ』

『だってかなり綺麗とはいえ公園だしさ。公園に関して話し合うワケでもないだろ』

『そうなんだけどさ……。だったらいつもカフェで会ってるのと変わらなくないか？』

『いいんじゃねーの。それでも』

まだ稲葉は気乗りしていないと見える。

彼女の気が乗っていない時、彼氏である八重樫はどう対応するか。

「ここは難しいぞぉ……」

「なにが難しいの雪菜ちゃん？」

雪菜と伊織はひそひそ話す。

『でもいつからだろうな、こんな空気で平気になったのは』

八重樫が放った言葉は特に気を回したセリフに思えなかった。自然に、思ったことを口にした感じだ。でもその気負《きお》いのない感じが、するりと稲葉に滑《すべ》り込んでいた。

『こんな空気？』

『二人とも気を遣《つか》わないというか……、リラックスしているというか……、会話がなくてもいいというか』

『あー、そうだな。初めは二人で間を持たせるのに必死だったよな。沈黙《ちんもく》したらビビってたし、また沈黙がきたと思ったら、手を繋ぐことに必死になっていたり』

くすっ、と稲葉が笑いを零《こぼ》す。

『あの頃はガキだったなーと思うよな。半年前くらいの話だから、大して今と変わらないはずなんだが』

『色々なことがあった、ってことで』

『……と言われるとあのクソ野郎が起こす現象のこと思い出しちまうぞ』

びくっ、と一瞬隣の伊織が身を震わせた。なんだ？

『嫌な話だが、俺達の青春はそれに大半を占《し》められているイメージすら……』

『まあ、今はこの話はやめよう。デートだしな、デート』

『……で、思ったんだけど。えーと……そりゃなくはないけど、あんまりデートらしいことしないよな、俺達』

「やっぱそうなんだ？」

雪菜は伊織に確認してみる。

「映画に行ったり、水族館《すいぞくかん》に行ったり、というのはあんま聞かないねぇ」

『どうしたんだよ、それが』

『いや、いいのかな、と思ってさ。こんな付き合い方で……お？』

稲葉が八重樫にもたれかかった。

八重樫がちょっとだけ左に重心を寄せて、稲葉を支える。空いている右手で、八重樫は稲葉の頭をぽんぽんと撫《な》でた。

『いいんだよ、これで』

稲葉の穏やかな声が、今八重樫の中に優しく染み込んだろう。

『ま、もうちょっとお前には頑張って欲しいけどな、男として』

『……精進《しょうじん》します』

『ん〜……、にしても唯や中山達は少し心配だなぁ』

『上手く間を持たせられるか気になるのか？』

『緊張してるだろうし失敗するだろうな。でもその失敗が、先への土台になる。それをわかって欲しいもんだな』

二人が『そろそろ行こうか』と動き出す気配を見せたので、雪菜と伊織は先に素早く撤退《てったい》する。道ではない草木の生えたゾーンを通り抜けていった。

盗み聞きが見つかってしまっては後々に響く。

公園のメイン通りとなる大きな道に出る。ここにいれば、皆に見つかっても文句をつけられることもない。

一息ついて、先ほどの講評《こうひょう》だ。

「とんでもなく安定だね、雪菜ちゃん隊長」

伊織に言われ、雪菜も頷《うなず》く。

それにしてもなかなかに凄い関係を見せて貰った。

「うん。いいんだけど、もう熟年夫婦《じゅくねんふうふ》っぽくない？　どんだけ修羅場《しゅらば》をくぐってきたらあの領域《りょういき》になれるの……？　あたしが教えることある……？」

不安になってきた。自分だってあそこまでの空気を出すに至った経験はない。

「しっかり、雪菜ちゃん！　諦《あきら》めたら試合終了だよ！」

「そ、そうだね。あの二人は熟年夫婦なんだけど……逆に落ち着き過ぎて若々しさがないから、そこをしっかりアドバイスしよう。ラブを意識して貰うようラブを！」

あれはちょっと恋愛の謳歌《おうか》の仕方が特殊《とくしゅ》過ぎる。悪い訳ではないが、是非《ぜひ》とも別の方法も知って貰いたい。色んなものを吸収し、本当にいいものを見つけて欲しいんだ。

「いいと思うよ！　ああ見えて稲葉んは乙女《おとめ》チックなの好きだしね！　二人にはこっちが赤面するようなラブい恋をやって貰おう！」

「よし、二人の恋を燃え上がらせるぞ！」

「燃え上がる恋の炎！」

「そして今夜はもちろん激しいセッ…………あれ、伊織？　止めてくれないの？　止めてくれるのが楽しくなってきてたのに」

「わたしは思い通りに動く女じゃないのさ！　……ていうか雪菜ちゃん結構面白いね」

やだ、急に言われると照れるじゃん。


～雪菜と伊織の観察②～


お次は中山と石川の二人だ。

二人が初めに向かった方角から居場所に当たりをつけて、当人達を捜《さが》し歩く。

ざくざくと十五分ほど歩いて、二人を発見した。こちらも向こうに存在を気取られることなくターゲットを見つけ出せた。スパイの才能あるんじゃないだろうか。

「で、問題のある方になってくる訳ですが、雪菜ちゃん？」

「問題は見ての通りだね」

身長差のあるでこぼこコンビがすたすたと歩いている。

無言で。

二人共前を向きっぱなしで風景に目をやる様子もない。

「どこか目的地あるのかな？」

「ないっしょ、あの感じだと」

すたすた。すたすた。

一瞬立ち止まるとすぐ置いていかれる。雪菜も伊織とついていく。

「うーん隠れるところないけど」

「それも大丈夫っぽいよ」

自分で言っていて、「おいおいあの二人本当に大丈夫かよ」と思う。真《ま》っ直《す》ぐな道を後ろからつけているのだ。気づいて欲しくないけれど、気づかないと不味《まず》いぞ、と思う。

しかし二人が振り返る気配は一切ない。

「おぅ、気づけばわたし達相当接近してませんか雪菜ちゃん？」

「大丈夫なんじゃない？　ああテンパってるな、中山ちゃん。見ているこっちが……」

「うう……中山ちゃ〜ん⁉　大丈夫かな〜〜？　心配だよ〜〜！」

「伊織が心配してもどうにもならんでしょ……」

と、言いながら自分の胸もキリキリしてきた。二人の今の心情を想像すると……ダメダメ！　感情移入し過ぎて目的を忘れちゃう！

「表情に出さないけど、石川も結構緊張《きんちょう》してる？　元々口数は少ないけど」

『……は』

「あ、石川君が喋ったみたいだ！　しかも立ち止まった！」

「お、落ち着いて伊織！　静かに！」

自分も含めて！

雪菜と伊織はばたばたと大きな舗装路《ほそうろ》から草木が生えるエリアに乱入。そして中山達に更に接近を試みた。乱暴な近づき方だがたぶん大丈夫。視界には入ってない。入ってなければ今のこの二人には気づかれない。てか地面に膝《ひざ》ついちゃって汚れた。

『ほ、ほい⁉』

「中山ちゃん……その返事は……」

伊織が目を両手で覆《おお》った。

『よくこのへんに来たりするのか？』

『あ、どうだろ？　あんまり？　来ない？　わかんない？』

『そうか』

沈黙。

会話は三十秒と保たなかった。

上手く表現できない。ただ、胸が「あ〰〰〰〰」となった。

「おぅ……、顔は見えないけど、中山ちゃんのしょんぼり背中を見れば猛烈《もうれつ》に後悔してるのが丸わかりだよ……」

「引きずらないで中山ちゃん。切り替えて切り替えて」

聞こえないようにしながらも、想いだけでも届いてくれと雪菜は呟く。

しかし、その想いもむなしく、二人はまたすたすた歩き出した。

無言で。

それからも何度か石川が話を振ったようだが、中山は負のスパイラルに陥《おちい》っているようでほとんど返すことができず、一分以上続いた会話がなかった。

代わりに足の動きだけは活発で、最早競歩《きょうほ》の練習中みたいな有様《ありさま》だった。


もういいだろうと雪菜達は追跡《ついせき》を中断した。

「お～う早速姿が見えなくなった……。どこまで行くんだよ二人とも～」

「うーん、典型的《てんけいてき》によくないヤツだね」

中山と石川を見送りながら雪菜は言う。そう表現する他なかった。

「ああ……胸が……胸が痛い。違うんだ……中山ちゃんはそんな子じゃないんだ……やればできる子なんだ……」

伊織は胸を押さえて首を振る。

自分も同じように感傷的《かんしょうてき》になって、目を瞑《つむ》りたくなる。でもダメだ。主催者の自分がしっかりしないと。

「中山ちゃんはなにも考えないのがいいのに。あれは変に考え過ぎちゃって、どツボにはまってるよ、間違いなく」

「……だろうね。てか、石川君はどうだった？」

「石川は固いとはいえ会話を振っていたからマシだよ。でも石川は元のキャラがあるからね。だいたいこのカップルは中山ちゃんが八割喋って石川が二割喋るで成立すべきだから、中山ちゃんに頑張って貰わないと。頑張るというか、いつも通りにしてくれたらいいんだけど」

それができれば簡単で、それができないから難しいのだろう。

伊織も言う。

「初めの難所《なんしょ》だよね。ここさえ乗り越えれば、後はすんなりいきそうな気もするし」

なかなか鋭いな伊織……と思うと同時にふと気づく。

「伊織さ、したり顔で語ってるけど、付き合ったことないんだよね？」

「お、おう……ないですぜ。雪菜ちゃん」

学年一、二を争う美少女が恋愛しない？　それはなんて宝の持ち腐《ぐさ》れ。

「じゃあ特別補習を用意するしかないね。卒業までに絶対彼氏ゲットだよ。絶対、ね」

「……え？　……わたしもそうなるオチ？　因果応報《いんがおうほう》……」

伊織はずーんと項垂《うなだ》れてその場にしゃがみ込んだ。

や、そんな嫌がらなくても。

～雪菜と伊織の観察③～

続いてのカップルは、とにかくうるさかったので捜し始めてすぐに見つかった。

おまけに声がデカイので、遠くにいても声が聞こえてくる安心設計だ。

余裕を持った距離をとり、雪菜と伊織は生け垣の裏に隠れる。ちょっとだけ首を出して、道端《みちばた》で話す二人を確認する。

「……期待を裏切らないなぁ……」

「どうしたの雪菜ちゃん？」

「いや……なんでもない」

高校生になって一番二番の大親友。小さくて純情で凄く可愛いんだけど、恋愛が苦手で高二の後半まで付き合ったことがなかった女の子。どうにも放っておけない、桐山唯。

危なっかしくて見ていると心配で仕方がない。なにかと世話を焼きたくなる。

むぅ、やっぱり唯だから今回みたいな企画をやっちゃったんだろうか？

『記念すべき初デートだよ！　初デート！　こりゃ写真撮《と》るしかないっしょ！　携帯《けいたい》、携帯……』

『ちょっと！　なにはしゃいでるのよみっともない！』

へらへらとする青木を、唯は一喝《いっかつ》する。

『いやぁ、ごめんごめん。じゃあ今日は写真控えめでいこう、そうしよ～』

青木は唯の要求をあっさり承諾《しょうだく》する。

しかし青木が言っても、唯はうんともすんとも返事しない。たぶんあれは、勝手に頭の中で色々考えているぞ。なんだかんだ妄想《もうそう》の強い子だから。

『唯？』

『な、なによっ！』

『いや、ぼうっとしてたから。てかなんでそこでファイティングポーズ？』

『こ、これはついっ。あんたが喋りかけてくるから！』

『あれ、オレ達デート中だよね？』

『デートってあんたねぇ……！』

『ゆ、唯よく見て！　オレだよオレ！　彼氏彼氏！　青木義文！』

『……………そうだったわね』

『え、忘れてるとかアリなの？』

なんて会話だ。そして全体的にばたばたしていて二人とも落ち着きがない。セットを整えれば映画も撮れそうな、優雅な公園だと言うのに。

「唯は……ペットにすると可愛いと思うな」

伊織の呟きに雪菜も首肯する。

「本能に基づいた動物っぽい動きするしね」

おっと、唯が深呼吸している。このままじゃよくないと気づき、自分の中で仕切り直そうとしているのかもしれない。

『よ、よし。デートしましょ』

『んな気合い入れなくて大丈夫だって。唯はやりたいよーにやってくれればさ』

『……あんたホント慣れてるわね。西野菜々《にしのなな》さんとデートしてたおかげ？』

『や……それは……その』

『もう、変にうろたえないでよ。気にしてないんだから』

『うん、まあ、そういうことかな』

『よろしい。じゃあどうするの？　なにをしたらいいの？』

『そう言われると難しいんだけど、まあ喋りながら向こうの方に行こうか』

『オーケー、じゃあ喋って、はい』

『……いや、はいと言われるとやりにくい気が』

『いつもは頼みもしないのに喋ってるくせに、どうして喋れないのよ』

う～ん踏み込もうとしたのは評価するけどさ。

「……不器用過ぎでしょ」

雪菜は呟く。この下手っぴさは天然記念物クラスだ。

『喋る喋る！　喋るよ〜。ええとなに喋ろうかなぁ……。なに喋って欲しい？』

『青木に喋って欲しいこと…………特にないかな』

『最低限の興味を持って！』

『うーん……なんか雰囲気が全然ね。恋人同士でデートすると不思議な電波でも発生して、いつもと違う感じになるんじゃないの？』

『唯って結構ファンタジー発言あるよね。お花畑的な』

『お、お花畑？　あ、ば、バカにしたわね今！』

『違う違う！　微笑ましい意味で！　子供可愛い的な意味で！』

『子供扱いするなっ！　彼女でしょ彼女……か、彼女って！　なに言わせるのよ⁉』

『唯！　自分で言ったんじゃないの⁉』

観察を切り上げ、休憩も兼《か》ねて雪菜と伊織はベンチに座った。

先ほどの二人について話し合う。

「……いやぁ、びっくりするくらいいつもの感じだね。あれ付き合ってるんだよね？」

伊織が確認してくる。

「あたしもここまで唯に女子力がないとは思わなかった……。可愛いもの好きだし、自分も可愛く仕上げられるのに、どうして彼氏の前で女の子できない……」

二人きりだと案外ちゃんとしているのでは、と願望《がんぼう》込みで見込んでいたのだが。

「唯と青木、友達を長くやり過ぎちゃった感じかな？」

「あるだろうねぇ、だから上手く恋人やれないっていう。普通は友達の延長から始めるのは悪くないはずだけど、この子の場合……恋愛に幻想《げんそう》抱いてるところもあるし」

「あ～、唯って夢見る少女な部分あるな～。いいとこだと思うけど」

やっぱり伊織もわかっていたか。

「だから大事にしてあげたいんだよね」

「青木に頑張って貰うしかないかな？　青木って結構臭《くさ》いよ。あ、体臭的な意味じゃなく、格好つけるって意味で」

「……よね、体が臭いのかと思った」

体臭は個人的にNGなんだよね、申し訳ないけど。

「青木は頑張ってるよ。ずっと唯を待ってあげて、今も根気よく付き合ってあげて」

一途な思いは本当に尊敬《そんけい》できる。

「ただ、あのキャラが、唯の『あんな感じ』を誘発《ゆうはつ》してる部分は否定できないかな」

雪菜の言葉に、伊織はう～んと唸《うな》り出す。

「今日はいつにも増して唯に気を遣《つか》ってる感じがするんだよね～。流れを変えたいねぇ。

ホント、上手い方に転がってくれないかな」

頭の中が煮詰《につ》まってきて、少し視線を巡らせる。他のカップルが目に入った。大学生くらいのカップルがピクニック気分でデートしていた。対する自分はと言えば、澄み渡った空の下、女子と二人でベンチに座り、友人カップルの行く末を案じている。

「……思ったんだけど、伊織って『文研部《ぶんけんぶ》のお母さん』って感じだよね」

「……そういう雪菜ちゃんも、唯を心配したり他のみんなの仲を案じていたりするところが、『お母さん』って感じだよ」

目の前を、幼稚園児《ようちえんじ》くらいの男の子とその母親と思《おぼ》しき人が通り過ぎていく。男の子はきゃっきゃとはしゃいでいて、迷惑そうにしながら母親も嬉しそうだ。凄く幸せな光景《こうけい》だった。

「……彼氏欲しいね」

伊織がぽろっと漏らす。

「うん、超欲しい」

雪菜と伊織は顔を見合わせる。

「「……はぁ」」

……いや、今日はもう割り切るんだ。今日はみんなにとって最高の日にしてあげたい。だから労《ろう》を厭《いと》わず、今日は頑張る。必要なら憎まれ役だって買って出てやろう。

明日からは自分のためにいい男探しするけど！

～デート×太一・稲葉①～

公園デートを終え、太一も稲葉と共に集合場所に向かった。

全員が揃《そろ》ったところで栗原が指示を出す。

「そろそろお昼だし次の目的地でご飯にしよう。着く頃にはピーク越えてるだろうし、ちょうどいいんじゃないかな」

「「ご飯！」」と永瀬、桐山、中山の三人がハモっていた。

八人揃って移動を開始（その際はカップルにこだわらず喋っていた）。栗原に連れられてやってきたのは、大きなショッピングモールだ。

ショッピングモールはメインテナントの百貨店《ひやっかてん》を核に、洋服を中心とした専門店が入居している。レストラン街も充実していてデートにもぴったりだ。

なにより特徴的なのは遠くからでも目立つ、建物の上に設置された観覧車《かんらんしゃ》である。六階建ての建物、その五階に当たる位置からどーんと観覧車がそびえ立っているのだからインパクト大だ。

夜はライトアップされて、それもとても綺麗である。

「ここに来るのも久々かなぁ」

呟きながら太一は建物を仰《あお》ぎ見る。

観覧車のバックには真っ青な空が広がっていた。あの観覧車に乗れば、凄く開放的な気分になれそうだ。

ぐぅ。太一は小さくお腹を鳴らしてしまう。

どちらにせよまずは腹ごしらえをしなければ。

全員でレストランフロアに移動した。

十を越えるお店がフロアには立ち並んでいる。

「じゃあここからはカップルごとで。しっかりデートの食事を楽しんでね。途中でちらっとだけ見て回るから、行くお店が決まったらあたしにメールを入れるように」

栗原の言葉で、早速皆が動き出す。

「ど、どこに行こうか石川君」

中山が石川に尋ねている。

「俺はどこでもいいぞ。中山が食べたいものはないのか？」

「そ、それじゃ……牛丼で！」

「おう、牛丼——」

「ストーップ！」

栗原が大声で割り込むと同時に片手をびしっと差し出した。

なんだ、どうした。

「な、なにかな雪菜ちゃん……？」

「中山ちゃん、デートで女の子が牛丼食べたいって………どういうこと？」

「ひ、ひぃ！　な、なにが問題で⁉」

「あり得ないでしょ牛丼は！　デートだよ⁉　しかも初デートなんだよ！　まして男じゃなく女の子が言い出すのは論外《ろんがい》中の論外！　選び直しっっ！」

「ゆ、雪菜ちゃんがおっかないよ〜〜〜⁉」

「なあ栗原、別に中山が望むのなら………いや、なんでもない」

強烈な眼力《がんりき》に、体格的に優る石川もすごすご引き下がった。

「じゃああたし達は……」

「いいよ、唯！　選んじゃいなよ！　オレは唯が食べたいものが食べたい！」

桐山と青木のカップルも、男子が女子に主導権を渡している。完全に選択を委《ゆだ》ねるのもどうかと思うが、まあ今日は特別ということか。

「う〜ん、パスタ……オムライス……とんかつ……ん？　ちょっとこのお店、期間限定でご飯大盛り無料だって！　要望で特盛りもオッケー！　もうここしか——」

「待たんかああい！」

再び怒れる大魔人、栗原が荒々しいつっこみをかました。

「な、なに雪菜？」

「女の子が大盛りに反応してどうする⁉　そんなに白米が好きか⁉　日本人か！」

「……つっこみがおかしくなってきているな」

傍から見つつ、太一はぼそりと言う。

「で、でも朝早くに食べちゃったからお腹減ってて……」

「唯は食べたいらしいんで……」

青木も援護《えんご》に回る。

「デート中の女の子は常に小食！　男子より多く食べるのはあり得ないよ！　今度焼き肉食べ放題付き合ってあげるから今は我慢《がまん》！　肉をむさぼるのは女子だけの時！」

「雪菜ちゃんばりにはっきり表裏を使い分けると気持ちいいね。てか、今男子がいるのに使い分けられてないけど」

永瀬が言っている。

「そ、そんな大盛り禁止なんて……。あたし男子と付き合えないかも……」

「頑張って唯！　オレのためにも白米の誘惑に打ち勝って！」

桐山と青木が騒ぐ横で、まだ中山も混乱を脱し切れていない。

「わ、わたしは牛丼のカードを封じられ、このお口が牛丼になった状態でいったいなにを食べれば……。焼き肉か……？　いや、もっと雪菜ちゃんに怒られる気がする……」

そんな皆のやり取りを、稲葉は冷めた目で見つめていた。

「……アホらし。太一、あそこの洋食屋に行くぞ」

「おっす」

彼女が即断即決する自分達のカップルは、栗原に怒られる隙《すき》すら与えないのだ。

……ちょっとだけ虚《むな》しさを感じちゃうのは秘密だが。


店内に入り、太一はハンバーグのプレート、稲葉はナポリタンのプレートを注文した。

雑談《ざつだん》しながらしばらく待つと、できたての料理が二人の目の前に現れた。

いただきますと唱和《しょうわ》し、フォークを口へと運ぶ。

「ほう……この値段でこの味、この量は大したものだな」

「値段を基準《きじゅん》で考えるところが稲葉らしいよな」

ちらりほらり、自分達のペースで喋りながら食事を進める。

「じゃがいもって相当いけてるとアタシは思ってるんだ。安いくせに腹が膨《ふく》れて、どんな調理方法でもうまい」

「だよな。俺はやっぱり揚《あ》げたのが――」

「「色気ね～～～～～～！」」

太一の右側から、息の合った二人の声が聞こえる。

栗原雪菜と、永瀬伊織だ。

「なにコストパフォーマンスの話してるんだって。いや、別に悪くはないんだけど。なんか高校生のデートじゃなくない？　店員さん、あたしアイスコーヒーで」

栗原が畳《たた》みかけるように話す。

「わたしも同じの！　いやー、本当に夫婦と化してるね」

永瀬に言われ、稲葉が反応する。

「お前らそうやって他の店も回ってきたのか……。まあ、いい。つか夫婦？　ならいいじゃねえか、それ以上ないだろ」

「ほら夫婦って言っても稲葉んが『デレばん』になったりしないし〜。稲葉ん落ち着き過ぎだよ。二人のラブラブ度も下がり気味かぁ」

「バカを言えっ。より進化し円熟《えんじゅく》したんだよ。な、太一」

「『な』と言われても困るところだが……。俺は今悪くない感じだと思ってるぞ」

「うん、あたしも二人ができあがってるのは間違いないと思う」

栗原大先生からもお墨付《すみつ》きが頂ける。

「なら問題ないじゃねえか」

「唯一恐いのはマンネリだね。そのマンネリがある日突然、飽《あ》きに変わったり」

「マンネリが……」「……飽きに変わる」

栗原に言われると妙に説得力があった。

「だね、『デレばん』あたりが適切《てきせつ》な頻度《ひんど》で出現すれば大丈夫だろうけど」

永瀬は勝手なことを言う。

「俺といる時はたまに……でも言われてみれば、最近の稲葉から所謂《いわゆる》『デレばん』を見る機会は減ったかもな」

「た、太一はっ」

潤《うる》んだ声が太一の耳朶《じだ》を打つ。

「アタシがデレないとマンネリを感じて飽きちゃうのか!? そうなのか!?」

稲葉は切羽《せっぱ》詰まった顔だった。

「んな訳ないだろ、大丈夫だって」

「でっ、でもでも！　アタシがデレてると太一は素直に鼻の下を伸ばしてるし、やっぱりわかりやすくデレた方が……」

「の、伸ばしてないだろ!?　それにさも『デレ』の出力を調整できるような発言はやめてくれ！」

「いいよいいよ～！　『デレばん』ぽいの出てきたよ～！　その調子で続けてこ～」

永瀬の自由人度は増すばかりだ。

「八重樫、さっさと言うことあるでしょ」

栗原にびしっと指摘される。……徐々に栗原が藤島化してないか？

「い、稲葉」

「は、はい」

太一が呼びかけると、稲葉はご主人様に呼ばれた子犬みたいな目つきで太一を見る。

「デレるとかデレないとか関係なく……、俺は稲葉が好きだから」

「……うん、ありがと。アタシも好きだよ♡」

顔を赤らめて、稲葉は俯《うつむ》いた。

「デレばんきたああああ！」

永瀬が叫ぶ。

しかしその余韻《よいん》も収まらぬうちに、稲葉はけろっと普通の顔に戻った。

「はい、じゃあデレ終わりな。鼻の下伸びてたぞ太一」

「狙ってコントロールされたデレっすか！」

太一の代わりに永瀬がつっこんでくれた。

「俺からも言うが、そんなに鼻の下伸ばしてない……はず。というか」

見ていて、太一には思ったことがあった。

「稲葉の『デレ』って本当に自分で出力調整してるのか？　どっちかと言うと、思わずそうやってしまったのを、後付けで『出力調整してデレてた』と言ってるだけじゃ」

ふむふむ、と頷く栗原に尋ねられる。

「いい分析《ぶんせき》だね八重樫。どうして稲葉さんはそんな後付けをすると？」

「恥ずかしい……から？」

言い過ぎたか、と太一は稲葉の顔を見る。しかし稲葉はじっと黙《だま》って動かない。絶対、勝手な妄想をするなと怒られると思ったのだが……。

しかし次の瞬間、ぼんっ、と火がついたみたいに稲葉の顔が紅潮《こうちょう》した。

「な、なにを言ってるんだバカ太一！　んなこと言われたらもうデレられないだろ！」

もしかして本当に核心《かくしん》に近……かった？

「あれが本気のデレだと思われたら、……恥ずかしくてもうデレなんてできない。デレはもう封印だ……残念だったな！」

「封印は可能なの？」と問いかける永瀬。

「あんなものアタシの一要素《いちようそ》だからな。出力調整も可能だ。もうアタシはデレんぞ」

「おい、勢いでなんの宣言《せんげん》をしているんだ」

「安心しろ太一。太一に恋しているのには変わりない。ただデレないだけ……ん、デレないとはなんだ？　あれ、そもそもデレってなんだ……？　なにをどうやればデレで、どこまでならデレじゃない甘えになるんだ……？」

妙なところが引っかかってしまったらしい。稲葉はぐるぐると考え始める。

「デレキャラを封じられ……アタシはどうやって太一に愛情表現をすれば……。そもそもどう付き合っていけば……」

稲葉の混乱がどんどん深まっていく。

「一旦落ち着け稲葉。考える必要はなくて……」

「太一！　お前の距離感はそれでいいのか⁉　よく考えれば太一からのデレらしきものはないよな。お前からの愛情をアタシはどこで感じ取ればいいんだ⁉　教えてくれ！」

「そういうのを意識させるなよ。意識したらやりにくくなってしまうだろ。俺まで混乱して……」

稲葉との距離感。稲葉への愛情表現。

自分のやり方は——。

「……不味い……。変なところに意識がいった……」

無意識だった部分に意識の焦点《しょうてん》が当たる。感覚的にやっていたところを見つめ直す。正解がない、でも出さなければならない自分の解答に、迷いが生じる。

「いやいやなんで俺は混乱させられているんだ⁉」

そんな自分と稲葉を尻目《しりめ》に、永瀬と栗原は話を進める。

「混乱しちゃってるみたいなんですがいいんですか雪菜ちゃん？」

「その混乱の先に、見つけるべき二人の付き合い方の形がある。……と、あたしは思っている。ま、ぶっちゃけ二人は安定し過ぎてるから、たまに刺激を与えてあげるのがいいと思うんだ！　だからがんばれ！」

「なにが『がんば』だよ……」

二人はハリケーンのように場を荒らすだけ荒らして去っていった。

各カップルが栗原からオッケーを貰ったパスタやオムライスを食べ、再び一堂《いちどう》に会《かい》す。

「はぁ……」

太一は食事途中で乱入してきた二人のおかげで妙な疲れを感じていた。食事がリラックスタイムにならなかった。

今日は厳しい戦いが続きそうである。

「次はショッピングだね。買いたいものがあれば買っても大丈夫だよ。無理に買うものがなければウインドウショッピングしてればいいかな。あたしもふらふらしてるから、見かけたら助け船を出すか……もしくは指導が入るからね」

栗原がにこりと笑うと、桐山と中山は仲よく震え上がっていた。

◆◆◆

「今日は二人で『デート』だって、特に意識してみてよ」

「『普通に』ラブなカップを目指してね！　太一と稲葉んの特殊ラブラブじゃなく！」

太一達は栗原と永瀬にそんなセリフを散々に言われた上で送り出された。

変な意識をするな、と言うのは酷《こく》な話だ。おかげで自然体でやれていたことができなくなる。マンネリの打破《だは》はできそうな気もするが……。そうだ、プラスに考えよう。

「じゃあ……手でも繋ぐか」

太一は稲葉に向けて言ってみる。

「よ、よろしく」

「なんでぎこちない感じになるんだよ」

「お前の言い方がまず変だったろ！」

「う、むう」

デートの時は手を繋ぐこともあるが、しょっちゅう繋いでいる訳でもない。意識すると、やっぱり手を繋ぐのは恥ずかしい。とはいえ。

太一は左手でそっと稲葉の手を握る。

微《かす》かに汗ばんだ手は小さくやわらかくて、太一はしっかり包み込んでやる。

強過ぎず、かと言って弱過ぎず、相手の鼓動《こどう》と握り返してくる力を感じながら、力を調整する。

これくらいでいいのだろうか、いやもう少し優しく握るべきだろうか。意識してみると、その行為《こうい》もまた難しい。

「なに手をもそもそさせてるんだよ」

稲葉が照れたような怒ったような微妙な顔で不平を漏らす。

「いや、加減がわからなくなって……」

「バカ。普通でいいんだよ、そこらへんにいるカップルみたいに……」

稲葉が顔を右に振る。太一も顔を動かす。

「ほら、ははっ」

「うふっ、や～ん、もう♡」

べった～という効果音がぴったりなカップルがいた。

見ているこちらが恥ずかしくなって、太一は俯く。

手に余計な汗をかく。本人達は凄く幸せそうだし、それを否定する訳ではないが、どうにも太一は苦手なのだ。

ちらっと隣を確認する。と、稲葉がそのカップルを凝視《ぎょうし》していた。

「稲葉？」

「……あ、いや。なんでも」

そう言って稲葉は足の回転を速くする。少し体を寄せてきて、べたつくカップルを迂《う》回《かい》して移動する。

どうしたのだろう。わからないが、稲葉はとにかくあの二人を意識している。ああいう風にやりたいと実のところ稲葉は思っているのか。それとも、なんだあれと思っているのか。

聞いてもよかったのだが、なんとなくタイミングを逃してしまった。

あの二人のやり方。自分達のやり方。他のやり方。

稲葉はなにを望んでいて、自分はどうしたくて、二人の正解はどこにあるのだろう。

「普通なカップル……ね」

独り言か判断に迷う稲葉の呟きにも、太一は上手く返せなかった。

「あ〜、くそっ！　どこらへんをどう回れば普通のカップルっぽくなるんだよ」

「まずはその口調を改めるところから始めてみるのは……」

「無理だから却下《きやっか》！」

普通、普通、いつもと違う感じ。それを意識しているうちに、稲葉はイライラしてきたみたいだった。

しかしそのイライラも何店舗《なんてんぽ》かアパレルショップを見回っていると解消《かいしょう》されてきた。稲葉は目的買いが多いらしいので、ふらふら店屋を回るのがどうかとも思った。しかし多種多様なコンセプトでデザインされた店を見ていくのは、それだけで十分楽しめた。

「あそこの店まあまあだったなぁ。今度お金が入ったら来てもいいかもな」

機嫌《きげん》が上向きになってきた。

そして順調な展開に、稲葉の冒険心《ぼうけんしん》がくすぐられたらしい。

「よし……、なら次はここに入るか。完璧にカップルっぽいだろ」

稲葉が指すのはジュエリーショップだった。べらぼうに高い訳ではないが、宝石《ほうせき》は宝石。高校生が買うにはお高い。当然太一は足を踏み入れたことさえない未体験ゾーンだ。

「……買えもしないのに入って大丈夫か。場違いな気がするぞ」

「つっててでも本気出せばなんとかなるから完全に冷やかしでもないだろ。それにこの要《よう》塞《さい》を攻略できたら、結構カップル力が高くなるだろ。行くぞ」

「経験値は手に入れられそうだな……って早いんだよ」

ずんずんと稲葉は店内に入っていく。臆病者《おくびょうもの》だと自称するが、自分で『恐るるに足らず』と決めたことは一切躊躇《ちゅうちょ》しないのが稲葉だった。

続いて太一も店に入る。

クリーム色で統一された店内は、隅々まで磨《みが》かれていて清潔感があった。野暮《やぼ》ったい格好では入店を躊躇《ためら》いそうだ。

「いらっしゃいませ」と品のいい女性店員が声をかけてくる。

キラキラと小さな石が煌《きら》めいている。人工では作り得ないその輝きを相手に贈ることが、重要な意味を持つのもわかる。可能ならば稲葉にも、とは思うのだが。

太一は露骨《ろこつ》に見るのも失礼なので、ちらりと値札を確認していく。
一、十、百、千、万……うん、いいお値段である。
「なにかお探しですか？」

店員が太一と稲葉に近づいてくる。こういう店ではすぐに声をかけられるのか。

「ええと……そうですね……」

焦《あせ》る。なにも買う気はないと言いづらいし、適当にこれを探しに来たというのも後々困りそうだ。太一はしどろもどろになってしまう。

「指輪《ゆびわ》を見に来たんですけど」

稲葉がすかさずフォローしてくれた。

「ペアリングですか？　いいですね～。どういったものをご検討《けんとう》なさっていますか？」

「どういったもの……」

稲葉が少し詰まり、助けを求めるように太一の目を見てくる。

「えーと……オススメみたいな、人気《にんき》のあるやつはありますか？」

ひとまず太一が言うと、更に稲葉が付け足す。

「あ、ちなみにあんまり高くないものを」

「でしたらこちらの商品はシンプルで人気がありますよ。どんなスタイルでも自然とフィットしますし——」

店員のセールストークが始まる。この指輪がどれだけいいもので、その上お値打ち価格であるかが滔々《とうとう》と説明される。

値段は……買えなくはない金額《きんがく》だが今手持ちにはない。

耳打ちする形で太一は稲葉に問う。

「……どうするんだ？　本当に買いたいと思ってるのか？」

「……バカ。今すぐんなもん買うかよ。適当なところで出ていくぞ」

「……けどタイミングが」

「……バカ、別にあれだろ。うん……あれだって、ああしてこうすれば」

「どうかされましたか？」

「い、いえ。お気遣いなく……」

「……なにがお気遣いなくなんだよ」

稲葉に膝裏《ひざうら》を軽く蹴《け》られた。

……くすくす……。

背後で別の客の笑い声が聞こえる。関係ないのかもしれないが、自分達が笑われたのではと疑ってしまう。

「一度つけてみますか？　ちなみにお二人の号数《ごうすう》は？」

「ごうすう……？」「……ごうすう？」

言葉の意味がわからなくて、二人でハテナマークを浮かべる。

「ああ、指のサイズです。お測《はか》りになったことがないのなら、お測りしましょうか？」

「あ……じゃあ、その……はい」

稲葉がこくんと頷く。自分が知らなかった事態に遭遇《そうぐう》し、稲葉の脳の回転率も低下しているようだ。

「ふふっ、なんか可愛い」

「確かにいいな」

後ろで声がした。今度こそ客の声は、自分達に向けられていると思った。振り向く。

凄く美麗《びれい》な女性、それに凜々《りり》しい男性だ。ファッション雑誌の撮影中ふらりと抜け出してきたと言われれば、信じてしまいそうだ。女性が着こなす清楚《せいそ》なワンピースにカーディガンも、男性が羽織《はお》るジャケットも、一目見て値段が違うとわかる。そして変な表現になるが、二人ともその服を着るに相応《ふさわ》しい人間に見えた。大人なカップルだ。

太一の視線に気づくと、二十代中盤くらいに見える女性はにこっと笑った。

「頑張るんだよ、彼氏君」

声をかけられて、どきりとする。

「ホントいいなー、その初々しい感じ。わたしも――」

「おい、あんまりからかってやるなよ」

男性の方が女性をたしなめ、「悪いな」と声をかけてくる。

「……いえ」

太一は小さく弱く、返事ともつかない返事をする。

そのカップルは颯爽《さっそう》と別の店員に近づいていくと、何事かを頼んでいた。すると店員がすぐに商品ケースを開け、いくつか品物を提示《ていじ》する。

絵になっていた。それが正しく収まるべき形に見えた。

それに比べて、自分達のなんたるちぐはぐさか。店に対して、自分達が足りていない。

急にその場にいることが恥ずかしくなった。

全身が火照《ほて》ってくる。熱い。汗が流れてきそうだ。そうなったら余計に恥ずかしい。

逃げ出したくなる。が、自分だけではできない。なぜなら自分の隣には、今彼女がいるから。

彼女を見て、その彼女のために行動を――。

「初めてなんで、測って下さい」

堂々と、稲葉は言った。

堂々と？　いや。違うって、本当は恥ずかしいし少し恐いんだって、わかっている。

——なぜならその口調はほんのり震《ふる》えていたから。

今の言葉にどんな意味が隠されていたか、それを理解した人間は他に誰もいないだろう。わかるはずもないし、わからなくてもいい。

他人にとっては、額面通《がくめんどお》りの意味でいい。

でも自分と稲葉にとっては、大きな別の意味がある。

ただ店内で、ある言葉を口にするだけ。初めては誰にだってあるじゃないか。なにをそんなに重く捉えているんだ、人にはそう言われるかもしれない。

けれど、自分達にとっては、違うんだ。

自分達は、他人とは、違うんだ。

「僕も測って貰えますか」

まずは言って、それからもう一つ言いたいことを口にする。

「……後、こっちの指輪が彼女に似合ってとても可愛いと思うんですけど、出して貰ってもいいですか？」

今は無理かもしれないけれど、いつかきっと、プレゼントしたいから。

～デート×中山・石川①～

今日のこれまでを振り返って、中山真理子は心の中で「ああああ」と叫ぶ。

初めてのデートで気合いは十分だった。今までは、ちゃんとした『彼女』をやれる自信がなくて、準備ができるまではやめておこうと避け続けてきた。だって彼女になったら、色々ハードル高いでしょ？　学校内や登下校の際喋るくらいなら、まだ『友達っ』って感じで接することができるからよかった。楽しくやれた。でも別の日に会うとなると、ちゃんと『彼女』として見られるのだ。

彼女力が計《はか》られる。安易《あんい》に臨《のぞ》んで、失敗などできない。嫌われたくなんてなかった。

でもこのまま「今はまだ早い」と言い続けても仕方ないともわかっていた。

だから今回はいい機会だとプラス思考をして、頑張ろうと思ったのだ。

ちゃんと『彼女』と認めて貰えるよう、頑張ると。

なのに思いが先行して体がついてこず、「あわわわ～」な状態だった。

公園では沈黙が多く明るさを出せず。

ランチでは女子力を示せず。

今日はてんでいいところがない。

もうただの残念女子だ。残念真理子さん。

自分を上手くアピールできず、それはおろか明るいいつもの自分でいることもできず、もうなんなんだよお前、である。自分にイラッとするレベルだ。

しかもなんか窮屈《きゅうくつ》！　いつもみたいに動けない。動きたいけど今は違うから。

このままじゃなんの成果も上がらず……ノーネガティブだ、諦めるには早い。簡単に終わる訳にはいかない。

まだ、まだ挽回《ばんかい》のチャンスはある、きっと。

このショッピングデートで、自分の魅力をもっと知って貰わなくちゃいけない。

そして自分をもっと好きになって貰いたい……彼女として魅力的だと思って貰うのだ！　求めて貰うのだ！　……求めるってなんだかエロス？

「おい、中山？　聞いてるか？」

「……はっ！　はいなんでしょうか⁉」

「電話のオペレーターみたいになってるぞ」

テンパリな返事をしてしまい、見事につっこまれた。結構いいセンスだった。……と、言えばよかったんだと今気づく。いつもなら考える前に口が動いているのに、今日はどうしたことか⁉

「俺が見たいものは見たから、次は中山が見たいものを」

オッケーオッケー、ここは自分のセンスが問われている訳だ。持ち物は持ち主を表す鏡。つまりここでセンスのいいものを見ていると、自分もいいセンスになる訳だ。そして『脱・残念』を目指す！

「とりあえず服を見るか」

ほう……服と限定するか。いや、ショッピングモールには服の店が多いから当然か。服。正直あんまり、興味ない。とりあえず着られたら文句ない。流石にださ過ぎる服は勘弁だけれど、最近はどこでもそれなりに可愛い服があるから遠くまで買いに行くことも少ない。近場で済ましちゃう系女子が、自分だ。

しかしここではおくびにも出さずにセンスのいい服を見るのだ。……ていうか今着用している服に気を配るのを忘れていた。近所で買ったやつだが、まあ今は仕方ないや。女子に人気のファッションブランドなど知らない。でも大丈夫。なぜなら、友人を介してばっちり予習してきたからだ！　服の話はどこかで出ると思っていたのだ！　冴《さ》えてるぞ中山真理子！

「あ、ここ見ていいかな。この店の扱ってるブランド好きなんだ〜」

そんな会話をスマートにこなしつつ、中山は石川と共に店内に入る。

男の子と自分の服を二人で見てるよ今！　興奮《こうふん》してきた！　性的な意味ではなく！

「へえ……こんな服が好きなのか、中山は」

石川は多少驚いた感じだった。

それもそのはず、店にあったのはどう表現するのがいいか、とにかくひらひらふわふわした服が多かった。妖精《ようせい》？　天使？　てかカーテンみたい？

ちなみに今の自分はパーカーを着ているのだからギャップが凄い。下はギリギリスカートにしてきたからよかったものの。

「ま、まあねー。休みの日には凄く女の子な格好もしてるんだー」

「今日とはまた違うのか」

「うん、今日は、ね……さくっとした格好でね。……っていってもデートに手を抜いてるんじゃないよ！　むしろ気合い入りまくりだよ！　嘘！　ホントは自然体だけど！」

くっ……墓穴《ぼけつ》をたくさん掘っているっぽいがもうどこが墓穴かもわからん。

「俺も実は……前の日気合い入り過ぎてなかなか寝られなかったんだ……とか」

言って、石川は照れたみたいに顔を背《そむ》けた。

いつもどっしりがっしりしている印象があるから、少し意外だなと思う。それに自分の弱みみたいなものも、オープンにしないキャラだと思っていたのだが。

石川がちらっと自分を見てくる。……あ、反応してなかった！

「お、そうなんだ！　実はわたしも緊張しちゃってさ！」

忘れ物がないか前の日から五回くらいチェックしたんだよね～などと話す。

「ははっ、中山って意外と心配性な面もあるんだな」

「む、心配も悩みも無縁《むえん》な人間だと思ってたな。よく言われるんだけど違うんだ～」

なんか会話はいい感じになっていた。なにがよかったんだ？　後に生かしたいが要因《よういん》はわからない。

で、本来の目的と。

「あ、新作か。これいいな～」

言いながら適当に商品を手に取る。白のひらひらワンピースだ。これを着れば相当女子力が上がりそうだが、装備《そうび》する時点でかなりの女子力を必要とするブツに見えた。戦《せん》闘力《とうりょく》が低い者が着れば、逆に怪我《けが》するぜ。

「値段は……一万五千。高っ……とおっ⁉」

高さにビビりそうになった。危なかった。平然と「まあこんなものか」な顔に切り替える。できてるはずだ、たぶんっ。

「結構服にお金を使うタイプか？　俺はそこまで金がないから申し訳ないんだが……」

「も、申し訳ながることはないさ！　わたしもブルジョワじゃないし！　まあ、なに、セールで買うパターンかな」

友達が言っていた話を拝借《はいしゃく》する。

「なるほど、その目星《めぼし》を今からつけておく訳か」

「おおー、それいい戦略だね」

「普段からそうしてるんじゃないのか？」

「いい戦略だ『よね』！　もちろんいつもやってるけど！」

「いらっしゃいませ～。このワンピース可愛いですよね～」

気を抜いていると店員さんに捕《つか》まってしまった！　自分は断り下手なのだ。どうしよう、と思って石川を見る。『いつも買ってるらしいし任せようか』という顔をしている。そりゃそうか。

「ご試着《しちゃく》してみますか～」

きた。試着。試着すると申し訳なくて買っちゃうことが多いから、押しの強いお店には普段いかない。おかげで試着の勧《すす》めへの断り力が低下している。ピンチだ。

まあ当然の如く試着をする流れになる。

断れない系女子の力を侮《あなど》って貰っては困る。

「……だ、大丈夫かな石川君……」

「なにがだ？」

「……いや、お金ないし」

「試着だけだろ？」

「う、うん……断ればね。……試着料とかないよね？」

不安のあまり意味不明なことを聞いてしまう。

「……普通ないよな」

「こちらへどうぞ～」

「石川君もついてきてね!?」

「あ、ああ」

試着室へ連行され、高い女子力が必要な白のひらひらふりふりワンピースを渡される。

ワンピース……随分着ていない。着る方法は流石にわかるけど、試着の際どういう着方をすればいいのかわからなかった。

脱がなきゃ着られないが……え、全部脱いで下着姿になってから着るべき？　それとも中のシャツは着たまま……ていうか靴下《くつした》は？　靴下は着用可？

「もしよかったら、これも合わせてみます？　私の押してるスタイルなんですけど～」

「え、あ、はい！」

受け取る。大きな、網目状《あみめじょう》の布だ。広げると……形は大きな三角形になっている。

「……巨大三角巾《さんかくきん》？」

「ぶっ!?　あ……失礼しました！　三角巾というか、ショールですね」

店員さんに笑われたああああああ。

「ああ、あれね！　そうですね！」

ショール……肩にかけたり首に巻いたりするやつだ。知ってるぞ。……巻き方わかんないけど。適当にぐるぐるではい終わり、じゃないんでしょ？

どうしよう……店員さんに聞くのは恥ずかしいし、でも一人じゃ絶対変な巻き方になるし……。「気に入らなかったんです」って言う？　無理無理無理。申し訳ないよ。自分の至らなさで力を発揮《はっき》できなくするなんて、このショールにも申し訳ない。

「入らないのか？」

「い、石川君もきてくれる⁉」

「え？　いやおい、俺が入るのは不味いだろ」

「手伝いがないと着られない子なのだよ！」

「あのお客様……男性のお客様と一緒に試着室に入られるのはちょっと……」

「っすよねー！　すいませーん！　……うう」

「なあ、中山。少し思っただけなんだが、こういう店にあまり慣れてないんじゃ……」

「なんの話かな⁉　なんのなんの話かな⁉　一旦落ち着いてお茶しようか⁉」

もうダメだ！　緊急待避《たいひ》！　一時離脱《りだつ》！　残念女子のままでいいから今は逃げる！

別に難しいことをしてる訳じゃないのに……ファッションに疎《うと》い自分はオーラにやられてしまった。どうすればこんな場を華麗に泳ぎ切れる女子になれるんだ？

ああ、可愛いに詳しい、女子力のある女の子になりたい。

～デート×桐山・青木①～

すっごい楽しい。超楽しい。今桐山唯は全力で楽しんでいる！

「これかっわいいですね～！」

「ですよね～。この白いのもどうです？」

「おお～白もいい～。迷うな～……けどやっぱりピンクだな！」

「こちらの方でよろしいですか？」

「あ、でも他のも見てから決めたいんですけど」

「はい、もちろん大丈夫ですよ。一応お取り置きしておきましょうか？」

「え、いいんですかぁ～？　じゃあお願いしよっかな～。また戻ってきます！」

「はい、お待ちしております」

今のピンクの小物入れは凄かった。なんという可愛さだろうか。唯は今の可愛さをしっかり脳内メモリーに保存する。

「唯さ～ん終わりましたか～」

しかも店員さんもいい人だった。買うかわからないのに取り置いてくれるし、心情的には買ってあげたい。

「あの唯さ〜ん」

でもお金は限られているんだ、心を鬼《おに》にしろ。

「可愛いの道は、そんなに甘くないの！」

「へ⁉　あの、唯？　なに言ってんの？」

「ああ、ごめんごめん。次は青木が見に行きたいところに行く？　一応、仕方なしに」

「仕方なしなんだ⁉　でも大丈夫オレは唯に合わせるからさ〜」

っとなれば急がなければ。

可愛いは、待ってくれないのだ。

「唯が楽しんでくれて……ちょ、もう動き出してるの⁉　早くない⁉」

「あの店に行くって言ってるでしょ！」

「言ってなかった気がしますが⁉」

「じゃああの店に行くって今言った！　……あ、でもこれ可愛い！」

可愛いものはっけーん！　どういう訳か今日は『これだ！』ってものによく出会う。

店の相性がいいのだろうか。今日という日がいいのだろうか。

「ゆ、唯⁉　それは違う店だよね⁉　そっち行くの⁉」

くっ、自由行動時間の短さが悔やまれる！

◆◆◆

「最終イベント〜! ヒューヒュー!」

夕方の指定された時間となり集合した唯達に向かって、伊織が楽しそうに言う。

「結局今日を一番楽しんでいるのは永瀬の気がする……」

太一が呟くのを、唯はうわの空で聞いていた。

さっきまでは楽しかった。超楽しかった。超超楽しかった。でもショッピングの終わりに雪菜から怒られ、はたと気づかされたのだ。

これ、デートだったよね?

自分の欲望を優先させ、彼氏を無視してハイテンションになって、それで彼女?

あり得ない。あまりのふがいなさに、唯は深く深く、海より深く反省する。

「そろそろ帰りたいんだが」

「稲葉ん! 本音を漏らすのやめて! 最後は雪菜ちゃんと知恵を絞《しぼ》って色々用意したんだから! ……特に沈《しず》んでいるそこの女子二人のためにもね!」

指されなくても、自分だなと唯にはわかった。視線を動かし、もう一人は誰だろうかと確認する。これももしかしたら、見なくても自明だったかもしれない。

中山が、ずーんと今にも雨が降り出しそうな曇《くも》り顔で落ち込んでいた。

「で、なにをやるんだよ。やるならとっととやろうぜ」

気落ちする二人を気遣ってかどうなのか、稲葉が前向きな姿勢《しせい》を見せてくれる。

真面目な口調で雪菜が話し出す。

「今日色々と見させて貰って、稲葉さんと八重樫はおいておくけど、残りのカップルはまだまだ本当のカップルになりきれてないと思った」

雪菜の言葉に、唯はしゅんと体を縮《ちぢ》める。

「でもそれって、案外きっかけがあればすぐ解決することもあるんだよね。ってことで、ちょいと強制的にやって貰いまーす」

タイトルコールをするのは伊織。

「題して『王様ゲーム風命令ゲーム、キング永瀬とクイーン栗原に従え』だよ！」

伊織が『キング』はおかしいでしょ、ってつっこむ気力も今は湧《わ》かなかった。

ちゃんとやりたい意志はあった。一歩一歩ステップアップしていきたいと思っている。でもどういう訳か、青木と話していると軽く言い合いみたいになる。本気で喧嘩《けんか》している訳じゃないけど、そうなる。

本当はもっと彼氏彼女らしくしたいのに。

ご飯の時、自分の欲望を優先させてしまった。

本当はもっと可愛い彼女らしいところを見せたかったのに。

さっきのショッピング中も、唯は雪菜に見咎《みとが》められ、叱《しか》られた。

そりゃ、相手のことをほったらかして自分勝手に動き回っていれば怒られる。付き合っているいない以前の問題だ。

少し言い訳させて欲しいのは、普段はここまでではなくもっと自制しているってこと。いつもいつも自己中な行動をしている訳じゃない。……だとしても今日してしまっては世話がない話だ。なぜ今日に限って……。

本当はもっと青木が喜ぶこともしてあげたいのに。

とにかく今日は散々だった。でも最後くらいは、びしっと決めなければならない。

終わりよければ全てよし。今度こその成功のため、唯は頭の中でルールを確認する。

指定場所は特になしで、時間は四十分ほど。その間にカードに書かれた『命令』を達成して帰ってくること。『命令』の内容を相手に知られてはならない。これが雪菜と伊織から提示された大まかなルールだ。

『命令』のカードは裏返した複数枚から一人一枚ずつ選ばされた。

「別に監視しないから後は自分達の問題ね。せっかくの機会だから上手く利用しなよ」

雪菜はそう言って唯達を送り出した。

ふざけているようで、雪菜はちゃんと自分達のことを考えてくれている。伊織だって、冷やかしながら自分達がより親しくなることを望んでくれている。

頑張ろうと、思う。

ずっとステップを上がることができなくて立ち止まっていたけれど、みんなのおかげでやっとスタート地点に立てた。

早く、一段でも恋人としてのステップを進めたい。

そんな唯の選んだカードは――『自分から手を繋ぐ』。

びっくりするくらいにシンプルだ。王様ゲーム風と言うからもっと恐いのがくるのも覚悟《かくご》したのに肩すかしを食らった。

でも、だからこそ絶対やり遂げなきゃと思う。

隣を歩く青木義文の姿を唯は見上げる。

青木は背が高い。自分が小さいこともあるが、それを差し引いても身長は高い方だ。がっしりした体格ではなく、どちらかと言えばひょろ長い。キリッと格好いい表情より、和やかで親しみやすい笑顔をよく見せる。とはいえ、いざという時にはもの凄く頼りになっちゃうし、いつでも一本筋の通った男だ。

「唯」

「へ、はい⁉」

名前を呼ばれてびっくりした。まさか今の心情が読まれた訳じゃないよね？

「好きだよ」

「にゃあふーん！」

「ど、どうした唯⁉」

「だ、だ、だってあんたがいきなりそんなことを言うから！」

「ってもそれが……」

青木はポケットに手を突っ込み、そのカードを自分で見て頷く。

「あー……、『命令』ね」

それを実行したのか。納得。

「しっかし余裕過ぎたなー。相手に好きって言うってさ～」

「あんたが引いちゃいけないカードだったんでしょうね」

相手に『好き』と言うって、今だからわかるけど、本来はとんでもないパワーが必要なことだと思う。軽い『好き』なら誰だって言えるけど、本物の『好き』はなかなか言えない。本気だから、言えない。

でも青木は、『本物』の好きを何度も言い続けてきた。

青木義文は、そういう男だ。

『好き』だなと思う。自分には、なかなか口にできないけれど。

ただ口に出さなくったって、それを別の方法で表すことはできる。

例えば、手を繋ぐこと。

特に自分は、ずっと男性恐怖症《だんせいきょうふしょう》であった。男に触れることが長い間できなかった。

そのトラウマを、もう乗り越えたんだという証《あかし》にもなる。

付き合ってからも、青木はまだ自分に気を遣ってくれている感じがある。一つも触《ふ》れてこないのだ。じゃれ合いすらない。たぶん、自分の行動を待っているんだ。

二人の恋人としてのステップ。それは紛《まぎ》れもなく、唯が青木に触れることから始まる。

自分が、始める。

「ちょっと歩きますか～。疲れてない？　休憩する？　あ、唯の馬力《ばりき》なら余裕か」

「余裕だけど馬力って言わないで。女子力って言って」

「女子力なんでもあり過ぎじゃね？」

軽い会話を交わしながら歩いて行く。

青木との間隔は横に一メートル、縦に半歩後ろの位置取りで歩く。

ちらと青木の手を見た。

結構大きい。いやこのくらいの身長の男性にしては普通か？

昔は恐いなって思っていた手も、青木の手には守ってくれそうな頼りがいを感じる。

それを昔父親の手を摑んだように摑むだけ。とても簡単な任務だ。

さあ右手を伸ばそう。そして青木の左手を握る。

「……っ」

――でも、なんで、手が動かないのだ。

意味がわからない。男が恐いんじゃない。そういうのじゃない。

体がびくっとなる訳じゃない。胸がぴりぴりとするのだ。まるで空手大会の重要な試合前。

どくんどくんと心臓《しんぞう》が大きく脈打って、ふぅーと息を吐き出す。暴れる体内を押さえ込むのに精一杯で、歩く以上の動作ができなくなる。

なになになにこれ？　ちょっと恐い。

自分で好きに動けない。自分が自分でなくなったよう。

支配されている。

なにに？

緊張に？　青木に？　自分に？　恋に？

自分って、こんなに融通《ゆうずう》の利《き》かないへなちょこなの？

一段一段上がっていきたい。ステップアップしたい。

ちゃんと、恋をしたい。

このまま終わるなんてやだやだやだ。

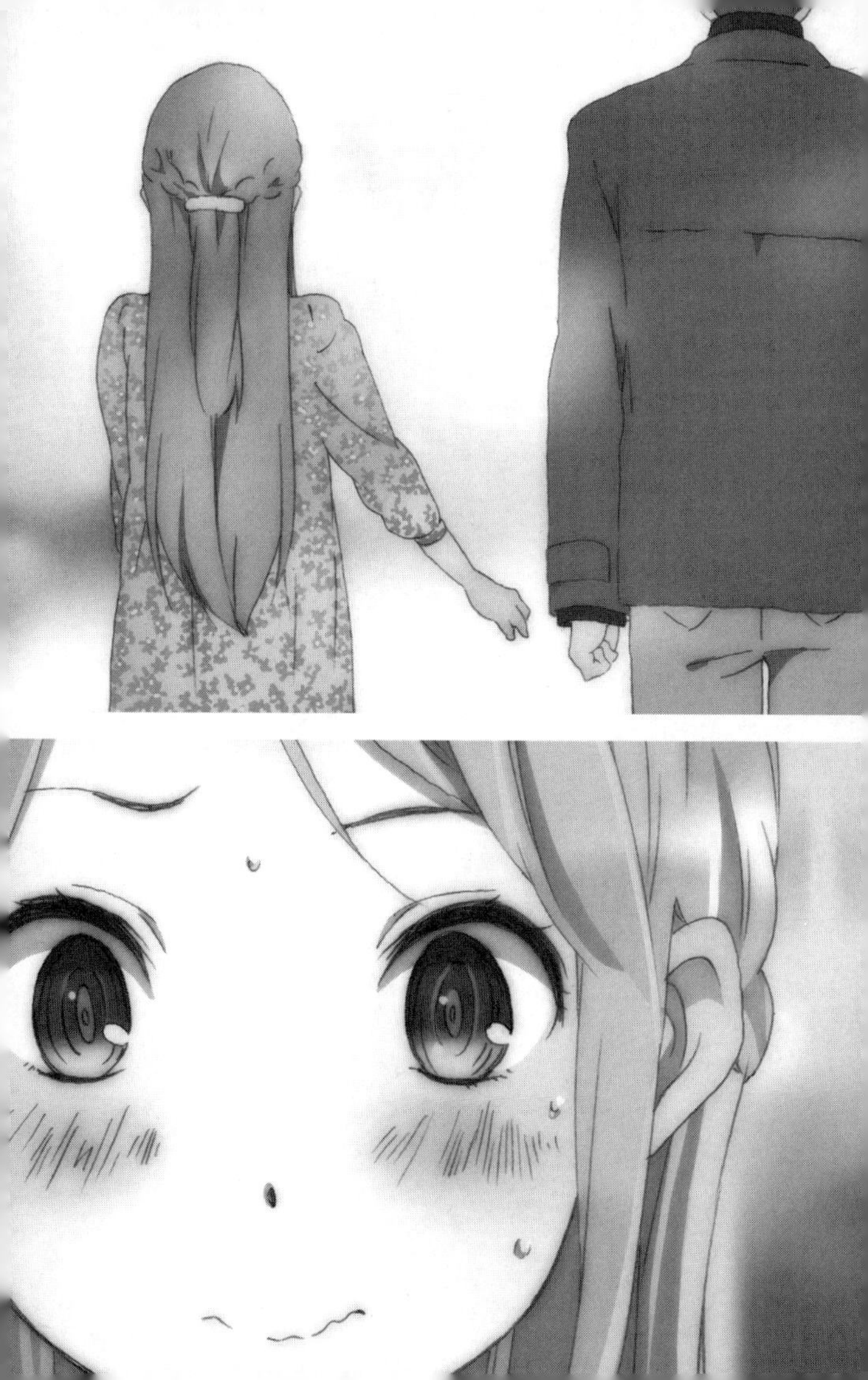

だから自分がやらなきゃ。自分が変えなきゃ。
凄く簡単なはずなんだ。一歩青木に近寄るだけ。そして腕を伸ばし、手を握るだけ。
一連の動作のシミュレーションはできている。自分には身体的にできない理由もない。
でもそれは、現実のものにならない。
頭の中のことを、現実にする。それってこんなにも難しいことだった？
理想の世界じゃ上手くやれているのに。空想の世界じゃもっと先まで想像できるのに。
勇気を出せ。いやそういう問題じゃない。いやいやそういう問題か。
右腕を伸ばした。
足の動きと手の動きがずれる。
右足と同時に右手が出る。
左足と同時に左手が出る。
「……唯、なにやってんの？　変な歩き方をしろっていう『命令』？」
「うるさいっ！　違うに決まってんでしょ⁉」

～デート×太一・稲葉②～

「みんなどうだった？　結果は聞かないよ……ってか聞くまでもない」

時間になり戻ってきた面々に栗原が言う。その言葉に太一もうんうんと同意する。

栗原の発言通り、『命令』の成否《せいひ》はその様子を見れば丸わかりだった。平然とする青木と石川には問題はなかったのだろう。対して完全に目が死んでいる桐山と中山は、また上手くいかなかったに違いない。

見ていて、桐山も中山も気負い過ぎて空回りしている気がする。もっと自然体でよいと太一は思うのだが、たぶんそのぎこちなさは自分達で乗り越えていくしかない。自分が勝手に口を出しても、上手くいかないだろう。

ちなみに太一達自身の成果はと言うと……。

「初心者カップル用だったからイージー過ぎだな」と稲葉が述べるように、さくっと任務達成していた。

腕を組んで、一つのジュースを二人でシェアして……、今でこそどうってことないが、初期の自分達ならてんやわんやだったろう。

「じゃ、今日一日お疲れ」

栗原がまとめに入る。お互い知らずにだろうが、桐山と中山がほとんど同時に唇を嚙《か》んだ。とても悔《くや》しそうに、とても悔《く》いが残っているかのように。

「上手くいかなかったところもあるだろうけど、初デートしたのに変わりはない。これからも順次ステップアップしていくように」

栗原先生のありがたいお言葉があり、解散の流れへと向かう。

「……とまあ本来は終わるつもりだったんだけど」

栗原がきらーんと目を光らせる。そして発表するのは、もちろん栗原のアシスタントを務める永瀬だ。

「まだ物足りなそうな人もいるし！　エクストラステージを用意しました～！　パチパチ～！　……ってテンション低いよ⁉　『命令』でそんなマズいことあった⁉」

せっかくの永瀬の元気が空回りしてる。ここは自分が場の雰囲気を盛り上げてやろう。

「え、エクストラステージだって⁉」

「なに大根芝居してるんだ太一。お前本気で下手くそだな」

速攻で彼女に馬鹿にされた。手厳しいったらありゃしない。

「このショッピングモールの目玉ってなんだと思う？」永瀬が問う。

目玉か、と考えながら太一はなんとなく上方に視線を向ける、と。

そいつが目に飛び込んできた。

六階建ての建物、その五階に乗っかる赤いゴンドラの観覧車。

「これに乗らずして、ここでのデートを終われるか！」

永瀬に引き続き、更に栗原が言う。

「デート×カップル×観覧車！　このコンビネーションに勝てる組み合わせが世の中に

存在すると思う？　ま、あるとしたら鳥唐揚《とりからあ》げ×マヨネーズ×ポン酢《ず》くらいかなっ」

太一がチケットを購入《こうにゆう》し、稲葉と共に乗り場へと移動。

赤い線の内側で待って、係員の誘導《ゆうどう》でゴンドラへと乗り込む。

定員は四人らしく、ゴンドラの中は広くゆったりとしていた。

徐々にゴンドラが上がっていく。元の建物の高さがあるから、スタート地点で結構な高さだ。そこから更に上へ昇るのだから、

「へぇ……いい景色だな」

稲葉が感嘆《かんたん》の声を漏らす。

夕暮れに染まる街が哀愁《あいしゆう》を漂わせ、訳もなく胸に響く。ちょっと背伸びして、自分の先人達がこれを築き上げてきたんだよな、とか思う。それと同時に、普段地面を歩くしかない場所を空から俯瞰《ふかん》するのは、単純に子供心をくすぐられわくわくする。

大人と子供、その境目に漂って自分達は生きている。

たぶんこの『今』は、凄く大事な時間なんだろう。

「かなり遠くまで見えるぞ。……あっちが俺の家の方か」

「ガキか。あ、アタシの家見えた！」

「嘘つくなよ、見分けられる訳ないだろ」

街中の観覧車、意外に楽しいじゃないか。

あっという間に頂上に辿り着き、ゆっくりと高度が下がっていく。

まるで自分達が太陽になって沈んでいくようだった。

長かった今日が終わる。

「なんだかんだ楽しめたんじゃないか」

太一は稲葉に話を振る。

「まあ形はどうあれ久々のデートだったしな。……変な恥をかいた場面もあったが」

「あー……、うん、だな」

ジュエリーショップの件だろう。

「や、そこまで腹を立てている訳じゃないがな」

あの場面、自分はちゃんと行動できていたかな、と考える。……とてもじゃないができたとは言えない。焦って稲葉任せになっていたし、大人なカップルの女性に少しからかわれた時も、先に堂々と行動したのは稲葉だった。

本来なら自分が前に出なければならなかったのに。

稲葉はそんな自分のことを、どう判断したか。

「アタシがあの時お前よりちょっとだけ上手くやれたのは、たまたまだよ」

太一の考えを見透かしているみたいに稲葉は言った。

「……なに驚いた顔してるんだよ。逆の立場だったら、アタシも同じこと考えてるだろうから言っただけだ」

お手上げだった。確かに逆だったら、自分が今の稲葉の位置にすっぽり納《おさ》まっている想像もできるが。

視界の下方で、ふと鳥が二羽飛んでいるのを見つけた。すいすいと仲よく、連れだって空を泳いでいる。

「今日も色々あったけど……俺達の付き合い方ってこれでいいのかな」

元々そうなる運命だったのか、数奇《すうき》な出来事を経たためにそうなったのか、どちらかわからないが、とかく普通の高校生カップルとはずれた関係なはずだ。

「アタシも今日指摘されて、改めてちょっと悩んだよ」

そこでしばし間をとって、稲葉は自分のタイミングで続ける。

「でもいいんだよ、それで」

「いいのか？」

「それがアタシ達の形なんだから、胸を張っていいんだよ。あそこでもできただろ？」

自分達の作る形に、胸を張る。

あのジュエリーショップでも、最後は周りの目を気にせず振る舞った。

自分達は自分達なんだと、言いたいことを言った。

「……俺は、稲葉が先に言ってくれたからだったけど」

「だから、いいんだよ。心配しなくても、お前はお前のままで最高だ」

自分の彼女からそうまで言って貰えて、いつまでうじうじしているつもりだ？

胸を張ろう。

「それにお前は……『こっちの指輪が彼女に似合ってとても可愛い』とか言ってくれたし……。あれはなかなか言えないと思うぞ……。だから……」

稲葉が言い淀《よど》む。もぞもぞと体を動かし、なにかを逡巡《しゅんじゅん》している。

ここは彼氏として、気づいてあげる場面だろう。

「あ〜……二人きりだし今誰もいないよなぁ。甘えてくれると嬉しいんだけどなぁ」

言って、稲葉の反応を待つ。

大根演技……ぼそっと稲葉は呟いてから、

「お前も最高に格好いいぞ太一♡　もちろんこれはお前がそうして欲しいって言うからやってるだけだぞ♡」

「お、おいデレるのはいいけど飛びつくな！　ゴンドラが揺れてるぞ⁉」

「で、デレじゃないもん！」

～デート×中山・石川②～

「夕日が目に染みる……」

そう言って外を見つめていると、本当に涙が滲《にじ》んできた。

今日の惨状《さんじょう》を思えば、当然か。中山は自嘲《じちょう》して笑う。

「……ってなんで石川君も笑ってるの!?」

「……や、すまん。今の発言が面白くて」

面白いことなんて言ったっけ？

観覧車に乗って、およそ十二分の二人きりゾーン。向かい合って、隔《へだ》てるものもなく座る中、自分はやっぱりへたれている。

「あの～、それでさぁ～」

もうデートが終わってしまう。自分と、石川のデートが。

「……今日、ホント……ゴメンね」

口にすると余計にへこんだ。

「なにがだ？」

「だってダメなとこしか見せた覚えないよ……。朝も全然面白いとこ見せられなかったし、昼も女の子要素ゼロだったし、ショッピングでも失態《しったい》を晒《さら》すし……」

なんというダメさ加減。残念女子の日本記録を更新したんじゃないか。

「おまけに最後の『命令』では、抱きつこうとして片足タックル決めちゃうし……」

「……油断していたしびっくりしていたとはいえ、まさか倒されるとは思わなかった」

「ホントもうホントごめんね！」

「いや、そうじゃなくて、中山の足腰の強さに驚いたんだよ」

「変なとこに感心してるね石川君も」

ちょっと面白いじゃないか。

「……うん、ごめん。全然、魅力的なところ見せられなくて」

「魅力的なところを見せようとしていたのか？」

「は、はい……。頑張らないとって思ってたんだけど……『彼女』として」

明るく、かつ女の子らしさを持つ子だと、彼女だと思って欲しかった。それが石川の趣味《しゅみ》にジャストフィットするはずだった。

「もうダメダメだったよね……。……失望した？」

聞くべきじゃないんだろうけど、恐くて聞いてしまった。

「ああ」

「うん、ありがと……おおおおおいいい⁉　肯定《こうてい》するの⁉　否定して優しく慰《なぐさ》めてくれるパターンじゃないの⁉」

テンプレパターン崩壊！　緊急事態！　絶体絶命⁉

「いや、冗談だ」

「のおおおよかったあああああ！　てか石川君わかりにくいよ！　ちょいちょい！」

発言が全部マジっぽいんだから！

「そういうのをやっていこうかなって思ってたんだが……わかりにくいか？」

「にくいよ！　にく過ぎてマジかと思ったよ！　……マジじゃないんだよね？」

「違うって。参ったな、そんな本気に見えたか」

ふぅ、とお互いに溜息《ためいき》をついた。

一旦落ち着こう。

「そうか……中山はそういう考えか」

石川が呟く。

「そういう考えって？」

「つまり……俺が魅力的に思うように、頑張ろうって考え」

「うん、その通り……あれ？」

合ってるんだけど、ちょっと違和感《いわかん》を覚えた。

「俺は……えと」

一度黙って、ゆっくりとまた石川は口を開く。

「俺は中山と違う考えかもしれない。中山は俺の……武士っぽいところ……を好きになってくれたらしくて」

うんうん、と中山は頷く。

「もちろんそれは変わらないんだけど、俺はもっと明るく楽しい奴にもなれたらなって思ってる。例えば中山みたいに」

「わたしみたいに？」

「本当に中山みたいにはなれないぞ。でも少し、変われたらなとは、思う」

石川は変わりたいらしい。そのままでいいのに、でも石川はそうしたいらしいんだ。

じゃあ自分はそれに対してどうする。変わらないで、って言う？　そいつはおかしい。

ああ、これがさっきの違和感の正体か。

ただ相手のために付き合ってるんじゃないんだ。

見失っていた大事なことに、気づいた。

「変わっていく俺は、中山にとって、どういう存在になるか……」

「石川君が武士からスーパー武士になるの、見たいよ！」

「……スーパー武士？」

「いや、進化をするってことだから。うん、気にしなくていいよ。ガンガンにやっちゃって大丈夫だよ。石川君が、わたしのために生きる必要はないよ」

当たり前じゃないか。

付き合っていることが、自分が自分でいることの足枷《あしかせ》になっちゃダメだろ。

じゃあ、自分はどうだって話だ。

「……わたし間違ってた？」

背伸びしようとしていたけれど、それは誰のためだったろう。石川のためか？　そう見えるけど、でも違った。自分がいいと思われるため、つまり自分のためだ。

純粋に自分のためでもなく、相手のためでもなく、自分のちんけな自尊心《じそんしん》のために行動していた。

なんとまあ最悪のパターンじゃないか。

「……石川君」

「どうした？」

「今日のデートはノーカンで……いやノーカンにはしない。けど来週、もう一回デートしてくれないかな？」

「日曜の午後からなら大丈夫だ」

迷わない。即答。まあ男らしい、武士みたい！

「……よし！　じゃあその時頑張っちゃっていいかな⁉」

「頑張るって？」

「自分が楽しいように……そして石川君も楽しくなるように、やってみる感じ！」

誰の目も気にせず、そうあったらいいな、を目指す。

いや本当にさっきまでの自分は、誰のなにに囚《とら》われていたのだろう。

付き合っているのは、気に入られるためでも、相手の理想に合わせるためでもない。

自分の求めたいものを求め合うため、付き合っていると思うんだ。

「……ギア入れちゃうけど大丈夫？」

念のため確認する。

「望むところだ。俺も負けないぞ」

「いいのかな～？　真理子さんの加速力はすっごいぞ～！」

彼氏の前だけど、全然女の子っぽくない、おしとやかじゃない。アグレッシブに遊んでく。でも……うん、やっぱりこっちの方が楽しい！

自分は自分らしくあって、そして石川も……おお、いい笑顔してるね楽しそうだね！

願わくば、このお付き合いが上手くいって、二人の望みが叶っていきますように。

「高っ！　ねえほら唯見て見て！」

観覧車のゴンドラの中で、青木が子供のようにはしゃいでいる。

自分だって同じようにはしゃぎたい。

でも今の塞ぎ込んだ気持ちじゃ……。ああ、これも最悪だ。自分の都合で、楽しい場を台無しにしている。

ここまで酷いできになるとは思いもしなかった。

「どうしたの唯、元気なくない？」

こんな自分を見て、青木は愛想《あいそう》を尽かさないのだろうか。自分が逆の立場なら我慢《がまん》できないと思う。

「さっきはゴメン！　手を繋げって『命令』があったんだけどそれもできなかった！」

謝ってから、失敗だったかな、黙っておいた方がよかったかなと感じる。そんなことも嫌がっているのかと、青木を傷つけたかもしれない。

やってから気づくのだ、いつも。

「そっか～。そりゃちょい残念だな～」

言いながら青木は、笑顔を崩さない。

ますます申し訳なくなる。いいのかよ。怒れよ。怒ってよ。

優しく甘やかされたら。

「……いつまで経ってもちゃんと付き合えない……」

「げ？　オレと唯ってちゃんと付き合ってなかったの……？　まだその認識……」

「ち、違う違う！　付き合ってるよ……お」

自分で言うのも恥ずかしいけれど。

「ほっ……よかった。ん？　じゃあ『ちゃんと』って？」

「ん、えっと、ちゃんとはちゃんとよ。普通のカップルみたいにするってこと」

「普通のカップル？　でも唯は付き合う時にも、『友達の延長《えんちょう》っぽい付き合い方かも』

って自分で言ってたじゃん」

「それはそうだけど……」

でも、やっぱ、付き合うって特別で。

特別な二人が恋人で。

「あの……唯？」

ずっと和やかだった青木が、初めて不安そうな顔をした。

「今日楽しくなかったり……した？」

どうして今になって、本当は今日一日ずっと不安で堪《たま》らなかったような顔をするのだ。

「オレなりに気は遣ったんだけど――」

「あんたが気を遣い過ぎてあたしを好きにやらせるから、こうなった面もあるって理解してよ！」

意味不明な怒り方をしてしまう。文句を言うべきなのは青木だろうに。

「……気を遣い過ぎ。う……よくなかったか。途中で薄々思ったんだけど……」

青木が真剣に反省を始める。

「ちょっとやめてよ。あたしが悪いんだから……」

なのに青木が自分を責める真似なんてしたら、惨《みじ》めで仕方がない。

「あの……こう見えて、美咲《みさき》ちゃんとのデートじゃちゃんとやれたんだよ？　相手が女の子ではあったけど」

ていうか青木もそのデートを覗き見ていたか。

「ステップを昇ろうって、気持ちもあるんだよ？　でも……あんたの前だと上手くやれなくて」

なんでデートの締《し》めくくりの観覧車タイムが、反省会になっているんだ。想像し憧れていたデートとは似ても似つかない。

上手くやれない。その言葉は、青木を傷つけてはいないだろうか。

「……オレの前だと上手くやれないの？」

尋ねてきた青木の顔は、少し、嬉しそうだった。

意味がわからなかった。

「そうだけど」

「つまり、意識してるってこと？」

「い、意識はするでしょ恋人なんだから!?」

「つかそれって……オレのこと好きだからって解釈《かいしゃく》でもいいよね？」

「なっ………!?」

唯は絶句した。意味がわからない。意味がわからない。わからない。頬が熱い。早くこの籠《かご》から脱出しなくては。

「って唯唯！　なに扉触ってるの危ないって!?」

「はっ！」

こ、恐っ！　なにをしている自分。唯は慌てて座り直す。

するると目の前の青木もへにゃっと席にもたれかかる。

「あ〜〜〜、なんかほっとした〜〜〜！　やー、好きって言ってくれてるし、付き合ってくれてるから大丈夫ってわかってるんだけど、男として意識されてるのか心配でさぁ」

「なんの心配をして……」

唯は決まり悪く窓の外に目を向ける。だんだんと小さかった建物が大きくなって、見渡せる町の範囲《はんい》が狭まる。もうすぐ、二人きりの空間が終わる。

「今日は唯がオレを意識していると自信持てただけでも大収穫《だいしゅうかく》だな！」

「恥ずかしいこと言わないで！」

なんだそのとびっきりの笑顔は。

「……というかそんなので満足なの？　後あたし的には『彼氏を男として意識していない疑惑』を抱かれていたのが何気にショックで……」

「ショックは受けないでいいって！　それはオレの問題なんだから。……オレだって、案外自信なかったりするんだよ？　こう見えて」

意外だ。青木がそんな面を持ってることも。それを自分に晒したことも。

自分の前では、常に自信ありげに振る舞っているのに。

「もしかしてあたしの前では格好つけてる？」

「……事実だとしても『うん』とは言えないな、男として」

ぷっ、と噴き出してしまう。

青木には青木の悩みがあるんだ。そう思うと、青木が近くなった気がした。なんだかんだ言って、青木は自分が及びもつかないくらい凄い奴だと考えている節があったから。

と、もちろんこんな褒め言葉、今直接言ってあげないけど。

いつかそれを伝える日がくるまでお預《あず》けだ。

とはいうものの。

「『意識しているとわかったから収穫あった』とか言わせちゃうレベルでゴメンね」

「ごめんはいらないっしょ」

「で、でもそんな初歩の初歩じゃ、カップルとしてのステップを全然踏めなくて」

「カップルのステップって？」

「え？　ん、と。そりゃ普通の恋人らしく手を繋いだり、腕組んだり順序だって……」

唯のセリフに、青木は顔をしかめた。

「それ、オレはちょっと違う気がする」

……よーしここで遠慮《えんりょ》は要《い》らないんだな……、独《ひと》り言《ごと》を呟いてから、青木は続ける。

「普通のカップルがやるような……決まったステップを乗り越えていくことが、付き合うってことじゃないと思う」

言われてみると、確かに違う感じがする。

じゃあ、恋人って？　付き合うって？　恋愛って？

「自分達が一つ一つ積み上げていくもの、それが合わさって、恋愛になるんだ。別になんだってありなんだ。自分達が納得できているなら」

もう本当にこの男は。

どうしていちいち、本質を突いた言葉を大事な場面で言えるのだ。

「あ〜……もうっ。格好いいじゃない」

言ってから「あ」と気づく。

「え……格好いい？　マジ⁉　オレ格好よかった⁉　きた～！」

「違うちが……」

青木が心底寂しそうな顔をする。

「……違わないけど」

今のは反則だって！　そんな顔されたらこう言うしかないでしょ⁉

「格好いいかぁ。いいねいいね～！　オレきてるな～！」

「……でもその後の落差《らくさ》が酷いわね」

「本気でがっかりしないでよ⁉」

あー、なんだろう。全然締まらない。理想的じゃない。

絶対こんな恋愛、ドラマにはならない。

でもそれが。

それこそが。

二人の、二人だけの、この世でたった一つの恋愛の形なんだ。

これからもこうやって、自分達は自分達なりに色んなものを積み重ね、自分達の恋愛を描いていくんだろう。

本当に今振り返っても、訳のわからないトリプルデートだった。でもそれが自分達にはスタートだったのだ。たぶん中山と石川のカップルにも同じことである。

無理矢理だったけれど、第一歩を踏み出した。

怒られ嫌なこともありはしたが、雪菜には本当に感謝している。

じゃあさっきの『命令』も実行できなかったことだし、一丁聞いてみるか。

一歩踏み出したのだ、二歩目も一気に歩み出してやろう。

「ねえ、今一番あたしにやって欲しいことって、なに？」

「ちゅー！」

げしっ。

「む、無言で蹴らないでよ⁉」

せっかく道を作ってやろうと思ったのに踏み外すな！

この我が道を行く疾走

端的《たんてき》に言えばリアの充《じゅう》になりたい。

その思いと共に始まった円城寺《えんじょうじ》紫《し》乃《の》の高校生活も、一年が経とうとしている。正確に言えば四月から数えて十カ月だけど、二月となり後一カ月と少しで一年生が終わると考えれば、もう一年が過ぎた気分になってもいいはずだ。

寒いし。すっごい寒い。春よ来い。

それに学校で大きなイベントもないし。……学年末テストを除けば。憂鬱《ゆううつ》。

まあ、ちょっと先だから目を瞑《つむ》って、どこか隅《すみ》っこに置いておこう。よしよし。

とにかく自分は、リアの充になれたのか。

いやいやもちろん本物にまでなろうとは思っていないのだけれど、ある程度、ちょっとだけ、味わえたらいいなって。

初めはやっぱり無理だろうって諦《あきら》めかけていた。でも文《ぶん》化《か》研《けん》究部《きゅうぶ》の先輩達に出会えて、まず少しだけ変われた。

それから先輩達や一緒に部活に入った宇《う》和《わ》千《ち》尋《ひろ》と共にたくさんの出来事を——時には疑いたくなるくらい非現実的な現象を——乗り越えて、また少し変わった。

変われるんだなと、世界は変えられるんだな、と知った。

そうやって過ごした一年。人生の中で最も波瀾万丈《はらんばんじょう》だった一年。

結構楽しくやれた、クラスでも色んな人と友達になれた。今まで行ったことのないところにも遊びに行けた。十二分に満足している。

ただリアの充の領域《りょういき》に辿《たど》り着いているかと問われると。

「うーん……そうとは言えないなぁ……」

ってな結論になってしまう。

本物になろうって訳じゃないんだから、よいのだけれど。いや、入り口が見えちゃったものだからもっと高いところを目指したくなっているのか。

人間とは欲深いものである。ふーむ。

じゃあ今自分がその領域にいけてないとして、いったいなにが足りていないのか。

文研部の先輩達を参考にして考えてみよう。

「……やっぱり彼氏彼女？」

部内の先輩五人の中には、なんと付き合っているカップルが二組もいる。部員が合計七名で付き合っているのが四名だから、付き合っていない方がマイノリティーなのだ。

文研部の半分以上は恋の甘ったるさでできていると言っても過言《かごん》ではない。

恋。恋の重要性。

恋を見つけて恋を感じれば、世界はもっと煌《きら》めく空間になる？

でも付き合っていない先輩もいて、その人だってキラキラと輝いている。

輝きの要因とはなんなのだろうか。ここらへんについて一度ちゃんと考えてみたい。

でも頭の悪い自分じゃ限界があって、それにこの悩みを共有し一緒に考えてくれる人も少なそうだし……。

誰《だれ》か、都合よく同じ事柄《ことがら》に関心を持ち、優《すぐ》れた分析能力《ぶんせきのうりょく》を発揮《はっき》してくれるお師匠《ししょう》様みたいな人はいないだろうか？

＋＋＋

昼休み、学食前のスペースで藤島麻衣子《ふじしままいこ》はある迷える子羊と会話をしていた。

「あ、ありがとう藤島さん！　おかげで彼氏とヨリを戻せそうだよっ」

「それはよかったわね。ただまた離れるのが嫌だからって束縛《そくばく》しないように、相手の気持ちも考えながらね。できればたまに視点を引いて、彼氏と自分の関係を考えてみるのもいいと思うわ」

「……肝《きも》に銘《めい》じます！　ありがとう！」

びっ、と敬礼した後、女子は満面の笑みで去っていく。

その姿を見送り、藤島は額《ひたい》の汗を拭《ぬぐ》う動作をする。冬だから汗なんて出ていないけど。ごうっと強い北風が藤島の体を叩く。むしろ寒いのだ。汗を拭ったのは、そう、一仕事を終えたから。

「ふう、今日も世界に貢献《こうけん》した」

この世界に恋という花をまた咲かせてしまった。まるで花の妖精《ようせい》の如《ごと》き活躍《かつやく》だ。

二月になって二年生の終わりが見えてきても、藤島がやることは変わらない。恋は年《ねん》中無休《じゅうむきゅう》、ならば愛の伝道師《でんどうし》として活躍する自分も年中無休だ。加えて年間でも屈指《くっし》の恋愛イベント『バレンタインデー』も控えている。忙しさは増していくことだろう。

もちろん、だ。ただ己がその役割を果たすことだけに拘泥《こうでい》はしていない。そうしたいんだという自分を認識しつつ、自分のやりたいことをやっている。

毎日は忙しい。気づけば時は過ぎている。人生は順調で不満らしい不満もない。

でもたまに、ふと物足りなさを感じることがある。

恒常的《こうじょうてき》に悩んでいる訳ではないけれど、それは定期的にやってきて、藤島の心をするすると侵食《しんしょく》していく。ぼうっと飲み込まれるに任せると、それはどんどんと広がって、最終的にはどこかに飛んでいきたくなる。

自分の生き方を、変えたくなる。

とは言え深刻《しんこく》なものではない。そいつを理由に人生のルールを踏み外すとか、そんな類《たぐ》いのものではない。放っておけばそのうち忘れている。

時折《ときおり》誰もが思うような、いつもの自分を捨て去って、見知らぬ土地を当てもなく旅したくなる気持ち。誰もが陥《おちい》るブルーな気分。……これ、誰にだってあるものよね？

そんな気持ちがすいっと藤島の胸に去来《きょらい》した。

あー、きちゃったなと思う。これがくると、その日はなにもやる気がなくなるから困るのだ。

この物足りなさ、やっぱり原因があることなのだろうか。だとしたら、解消する手立てはあるのだろうか。あれば嬉《うれ》しい。見つかれば世界が変わる気がするから——と、教室に向かって歩いている途中で、知り合いの姿を見つける。

学校にいる多くの顔見知り、その中でもなんの因果《いんが》か関わりの深くなった五人。

八重樫太一《やえがしたいち》、永瀬伊織《ながせいおり》、稲葉姫子《いなばひめこ》、桐山唯《きりやまゆい》、青木義文《あおきよしふみ》。

文化研究部二年生の五人。青木との関わりはそこまで深くないかもしれないが……まあどうでもいいか。

文研部の五人は、この寒空の下、中庭で集まり会話をしていた。

なんだかその寒さ自体を楽しんでいるみたいだ。今の彼らの様子を表すならまさしく、

きゃっきゃ、うふふ。あはは、ははは。

なんて効果音がぴったりである。

というか今一瞬背後にお花畑と暖《あたた》かい妖気《ようき》もとい陽気が見えた。

オーラが放たれていて、端的《たんてき》に言えばそれは、

「リア充だなぁ……」「ですよねっ！」

ノータイムというか最早食い気味で割り込んできた声に藤島は身を退《ひ》く。

「……はっ！　あ、あまりの共感につい反応してしまいましたっ！」

圧倒的《あっとうてき》アグレッシブさを見せつけてきた割にすぐさま「ごめんなさいごめんなさいっ」と平謝《ひらあやま》りしてくるのは、ふわんふわんと髪を揺らす小動物系の女の子、文化研究部の一年生円城寺紫乃だ。

「こんにちは、円城寺さん」

「……こ、こんにちは！　……あれ、名前覚えて下さってるんですか!?　そこまでの絡《から》みが……」

「文研部で部活取材に来てくれたし、それ以外でも少し喋《しゃべ》ったことがあるでしょ」

言うと、円城寺は「光栄《こうえい》です……」と感激の面持ちをする。

まあなんと純朴《じゅんぼく》で可愛《かわい》い子なのだろう。是非《ぜひ》こんな子を自分色に染め上げ……げふんげふん。自主規制。

「おい円城寺、先に行くぞ」

そう声をかけ去っていこうとする男子に、

「待ってあげてよ宇和君」

と藤島は声をかける。

「……あ、はいどうも」

中性的な顔立ちのクールキャラ、同じく文研部一年生の宇和千尋が軽く頭を下げる。

「俺もあんまり喋った記憶がないと思うんですけど」

「でも何回か絡んでるじゃない。全く、私をどんな薄情《はくじょう》な人間だと思ってるの」

「……藤島先輩の顔の広さを考えると凄い気が……」となにやら円城寺が呟《つぶや》いている。

「で、どうした……ああ、私の独《ひと》り言《ごと》に円城寺さんが食いついたのね」

「も、もう訳ございじ……ふぉあえ」

「すいませんでした。こいつ時偶《ときたま》テンションがおかしくなるんで無視して下さい」

「謝らなくたっていいのよ。欲望に正直なのはとてもいいことだから」

最近自分は一時期の青さと情熱を失った気がする。見習わねば。

「にしても……リア充って言葉がそんなに引っかかった？」

「は、はい……。ちょうど先輩方を見つけて、改めてオーラを感じていたので」

「オーラ……か」

文研部から放たれている眩《まぶ》しさと明るさは、自分にはないものに思える。

「……藤島さんと文研部って、なんかあるんすか？」

じっと文研部を見ていると、宇和が聞いてきた。

「一晩じゃ語りきれない因縁があるわね」

「……ですか」

「文研部と藤島先輩の関係って深いんですねぇ……。むむむ……」

そう、円城寺の言う通りの関係がある。でも彼らにはあって、自分にはないものがある。逆もまた然《しか》り、なのかもしれないが。

「難しいわね」

「ですよねっ！　リア充になることってホント難しいですよねっ！　い、いえもちろん本物には達しなくてもよいのですが、必要最低限のオーラは纏《まと》ってみたいというか……。先輩達を見習いたいんですがなかなか簡単には……」

「円城寺さんリア充になろうとしているの？」

「え、えええええ⁉　なぜそれをご存じで⁉」

ちょっと、面白いわねこの子。

「そして宇和君も同じように考えているのね」

「な、なに言ってんすか？」

はい、図星《ずぼし》。

カマをかけたら一発で判明。なるほど、文研部の一年生二人の入部には、そういう意図があるのか。

それだけ、文研部の二年生が目指すべき存在になっている、か。

「……でもそれを考えたら、私もやたらと文研部には引き寄せられるのよね」

他とは違うなにかが、ある気がする。文研部にあるらしい『秘密』がそのなにかを生んでいるのか。とかく、気になる。そうやって気になるのは……。

「なれないってわかってても、憧《あこが》れちゃいますよね……」と円城寺が呟く。

憧れているのだろうか、自分も。

文研部に？　リア充に？

「ふむ、そもそもリア充ってなんなのかしら」

その点も気になってきた。実は雰囲気《ふんいき》しかわかっていない。

「厳密《げんみつ》な定義って難しいと思いますよ」

宇和が冷静に指摘《してき》。なるほど難しいこと、それこそ。

「なら私が答えを探してやるべきかしら？」

使命感《しめいかん》に、燃えてしまうではないか。

「誰もやるべきと言っている気はしないんですけど……」

「でもあなた達も知りたいんでしょ？　私もすっきりさせたい」

文研部のこと、リア充のこと、自分が抱えるもやもやのこと。

「そ、それは魅力的なお話ですっ！」

円城寺はわくわく目を輝かせている。なんだかはしゃぐ子犬っぽい。

「まあ、俺はどうでもいいんですけど……」

「嘘下手《うそへた》だね、千尋君」

「てっめ！」

あらまあ仲のいいこと。

面白いし、なによりこの二人も自分と似た目的を共有している、となると。

「ならせっかくだし、協力してやってみるのはどう？」

◇◆◇

宇和は面倒《めんどう》だし興味ないからと嫌がる、円城寺は強引に引き込もうとする、という悶着《もんちゃく》をしばらく経て、藤島の提案が実現することになった。

という訳で。

「『リア充及び文研部研究会（仮称）』発足ね！」

目的は、主に文研部をサンプルにリア充の生態《せいたい》を考察《こうさつ》し、そこから自分達に生かせるところを見つけ出し、最終的になんかいい感じになること！　アバウト！

「はいっ！　藤島先輩！」

「なんすかそのネーミング」

「二人ともやる気満々ね！」

「……俺の話聞いて貰《もら》えてます？」

見事なチームワークで早速『リア研』（略称）は活動を開始した。全員都合《つごう》がつきそうだったので、その日の放課後に集まった。

オフシーズンに入っている運動部も多く、それに合わせてか文化部も活動を抑え気味になる。三年も引退しているため、全体として部活動は一番落ち着いている時期である。

「部活は大丈夫なのよね？」

「はいっ、絶対出席ではありませんし、ちょっと顔は出してきましたしっ」

制服の上にコートを着込んだ円城寺が手を挙《あ》げて答える。

「……今日だけは円城寺の遊びにつきあってやるよ」

対する宇和はコートのポケットに手を突っ込んだまま言った。

「千尋君、相変わらずのツンデレ発言だね」

「その解釈《かいしゃく》されたら俺はなに言っても無駄《むだ》になるよな！」

「円城寺さん、あなたやるわね」

誰にでも必勝できる策《さく》、それは自分の世界観に引きずり込んでしまうことだから！

「まずは文研部は本当にリア充なのか、という確認をしましょう。私達だけが勝手に言っているだけかもしれないし。なんでも主観だけで判断するのは危険よ」

「主観だけは危険……メモメモ」

「……俺、二人の主観で勝手に判断されている気が……」

　宇和のツンデレ発言は基本的にスルーだ。

　さてまずさっくりと辞書的定義《じしょてきていぎ》の確認だ。ネットで調べると簡単に出てきた――『リアル（現実）生活が充実している』――なるほど、リアルが充実している。まあ、言っていることはわかる。けれどあまりピンとこなかった。円城寺も宇和も「それはわかってるんですけどねぇ」との反応だった。

　ということを踏まえ、聞き取り調査を始めようではないか。おっと、いいところに一年時クラスが一緒だった男子がいる。時間は大丈夫かと確認してから、早速質問する。

「文研部はリア充だと思うか？　そりゃ間違いなくそうだろ」

　即答であった。

「どこでそう判断したの？」

「やーそりゃ……男女の距離感が近いところとかまさしく」

「男女の距離感が近かったらリア充？」

「近かったら……と言われると違う気もするけど。そうじゃない奴をリア充とはあんま呼ばないんじゃね？」

　十分条件ではなく、必要条件ということか。

「じゃあ他にリア充だと思う人は――」

そこからもいくつか質問を投げかけ、聞き取り終了。

「ありがとう。役に立ったわ」

「要領を得ない回答多くて悪い。でもやっぱ文研部はわかりやすいリア充だと思うな」

男子は最後にそう言った。

「……先輩方凄いですね……」

「……同級生からその認識か……」

円城寺と宇和がそれぞれ感想を呟いていた。

「こちらこそ答えにくい質問でごめんなさい。じゃあ……あ、もう一つだけ」

違うとは思うのだが、聞いてみたらどうなるのか試してみたかった。

「私って、リア充？」

「リア充……だとは思うんだけど」

……だとは思う？

「なんか種類が違う。男子にも分け隔《へだ》てなく話すけど、距離感が近いかって言ったら違うし。真面目《まじめ》だし」

真面目、たまに言われる表現だ。

しかしこれにはてんで納得がいっていない。宿題をやり、授業中に手を挙げ、テスト勉強をやって、学校からの課題をこなし、生徒会執行部《せいとかいしっこうぶ》の仕事に励《はげ》み、ボランティア活動をし、みんなのために働いていたら、そう評価される。肩肘《かたひじ》張って生きてしんどくないの？　と問われる。

　どこに、肩肘を張って生きていかなければならない要素があるのか。確かに肩書きに依存《いぞん》し過ぎていた頃は、そんな面もあったかもしれないが。

「真面目だったらリア充でなくなるの？」

「……って訳でもないけどさ」

　よくわからない。どう考えたって自分は、ただ生きているだけなのに。

　他人には妙な評価をされる。これもリア充に近づけばなにかわかる？

「おー、宇和に円城寺さん」

　その時、他の一年生男子がやってきて宇和と円城寺に声をかけた。二人の友達らしい。

「なにしてんの？」

「多田《ただ》こそなにしてんだよ」

「わ、わたし達はその……」

　一年生達が話し始めたので、ちょうど男子との話を切るのにいいタイミングになる。

「呼び止めちゃってごめんなさい。じゃあ今度こそ、また」

「うぃっす……と、そういや俺も一つだけ聞きたいことが」

「どうぞ」

貰《もら》ってばかりじゃ気になるタチなので、ギブ・アンド・テイクになるのは歓迎だ。

「今学校で変な噂《うわさ》流れてるの、知ってるか？」

「変な噂？」

「そ、なんか近々でかい実験があるんだって。そこに強制的に連れて行かれる人間が何人かいるらしいんだ」

「なにそれ？　怪談《かいだん》の類《たぐ》い？　それともどこか企業か大学が本当にやるの？」

「や……俺も聞いただけだからわからないんだけど。……あれ、誰に聞いたっけな」

「とにかく私は、全く心覚えがないわ」

「そっか。なら、いいんだけどさ」


円城寺達も話を終えて、リア研（仮）は更に調査を継続《けいぞく》。

「文研部は間違いないだろ」

「リアルが充実してるね」

「リア充爆発《ばくはつ》しろっ！」

多様な言い回しが見られたが、文研部をリア充とする考えは間違いないみたいだ。

という訳で、リア研三人で相談タイム。

「文研部の二年生達はリア充認定してもよさそうね。そしてその理由として挙がったもの中に、男女間の距離がある」

「距離を近く……男の子と近づく……」

円城寺が言う横で、宇和が尋ねてくる。

「で、どうするんです？」

「我がリア研（仮）としては、そこから私達に生かせることを見いだし……というか、私達が俗《ぞく》に言われるリア充になってみた方が早いわね」

「え⁉」「は？」

なにを驚いているんだこの二人は。

「完全になれるかは知らないわよ。ただ真似ごとでもいいからなってみて、その後考えた方がいいでしょ？」

「そ、そんな簡単になれたら……わたし達も苦労してないんですが」

「簡単よ、簡単。男女間の距離が近いことが必要な要件なら、近づいてみましょうよ」

イッツ、シンプル。

「この人頭いいのか悪いのかわかんねぇよ……」

「たぶんいいわよ宇和君。ということでレッツトライ！」

「じ、実行力が稲葉先輩を超えてるかも⁉」

「でもあなた達も、なれるのならなりたいんでしょ？」

「「……う」」

廊下《ろうか》を歩いていると、暇《ひま》そうにしている知り合いの男子を発見。

「はい相葉《あいば》君、今暇よね？」

「は？　いや……まあ暇っちゃ暇か」

さて、男女の距離感か。

手始めに一歩踏み出して大きく近づく。相手が一歩下がる。

もう一度一歩近づく。相手が一歩下がる。

再び一歩近づく。相手が一歩下が……れなくなって廊下の壁にぶつかる。

なぜか追い詰めてしまった。

「な、なに？」

おかげで距離が近づいたのでよしとするか。はい、物理的距離クリア。

「お話ししましょうか」

「お、お話!?」

なにがあったのか、相葉は非常にどぎまぎしている。

「そうね、ディープな話がいいわ。そう、例えば性的な」

「性的!?」

これを男女で話せたなら、相当距離感は近いと言えよう。しかし相葉はなにを焦っているのか。というか汗かいてない？　この寒さの中で？

ああ、ちょっとピュアな子だったか。

「じゃあ好きな子の話でいいわ。恋愛トーク」

「れ、恋愛トーク……？」

「好きな子、いないの？」

「……好きなって、特には」

「嘘おっしゃい。本当はいるんでしょ？　いるわね？　絶対いるわ」

「いやいや⁉　つかなにこれ⁉　藤島さんが迫って………え、これそういう……？」

相葉がなにか気づいた顔をして、頬を赤くする。

「好きな人に思い当たったのね⁉　誰なの⁉」

「つまり藤島さんは俺を………いや違うな、これ。絶対違う」

「なにが違うの⁉　違わない！　その頭によぎったのがあなたの好きな子よ！」

そのフィーリングは凄く大事だから！

「……え？　やっぱりこれは俺からの告白を要求して……いやないないない！」

「告白するレベルに達している子がいるの⁉　ならいくしかないわね！」

「ちょ、待って！　マジ待って！　俺も訳わかんなくなってきた⁉」

「そういう時は勢いが大事だから！」

「勢い!?　な……ならもう勢いで一回誰かに言ってみる!?」

「いい決意よ！　当たって砕《くだ》ければいいのよ！」

「そうだ……俺が付き合ってこなかったのは、誰にも告白してこなかったからで……だから告白をすれば勝機《しょうき》が開ける！」

「その通りよ！　じゃあ今から告白する？」

「い、今から!?　流石《さすが》に早過ぎ……」

「待っていていいことあるの？　どうなの？」

「確かに……どうせ駄目元《だめもと》でいくなら、人生初めての告白のカードなんてさっさと切ってしまって……！　やるか……どうせ傷は浅いんだっ！」

「いい決意よ！　応援するわ！」

「よし、じゃあ誰に……いや、これはもう目の前の……？　お、俺……あの、藤島さんとお付き――」

「すいません大事故になりそうなんで止めさせて下さいっ！」

「悪気はないんです！　悪気はないんですぅ～！」

宇和と円城寺が突然間に割り込んできた。

「なにするのよ、今いいとこだったのに」

「藤島さんがこの男の人を好きってオチじゃないっすよね⁉」

「相葉君を？　ないわ」

「っすよね！　おい円城寺この人引き離すぞ！」

「りょ、了解千尋君！」

「はは……ないんだ。……ははっ……告白する前にフられたよ……。告白することすら……できなかったよ……はは」

「な、なによ⁉　どうして私が引っ張っていかれないとならないの⁉」

「この男の人の精神崩壊を止めるためですっ！」


「……とんでもない事故を目撃するところだった」

宇和が溜息《ためいき》を吐く。

「ごめんなさい、確かにちょっと熱くなり過ぎたわね」

なんだか楽しい流れになってきて、つい急《せ》いてしまった。

恋は人を狂わせる魔性《ましょう》の果実。

「ま、後でフォローしておくわ」

「……ちゃんとフォローできるんすか？　不安ですよ」

「任せなさい。締めるべきところではきっちり締めなきゃ、恋愛神の名が廃《すた》るわ」

藤島が言うと、やっと円城寺が声を出す。なにに疲れたのか、ずっとへにゃ～とへばっていたのだ。

「恋愛神……確かにあの勢いは凄過ぎます……。決断力と行動力も凄くて、なにかを超越《ちょうえつ》している気が……」

「同意だよ円城寺……。ついていけない……」

——勢いが凄過ぎる。

——ついていけない。

たまに、そう言われる。

そりゃ自覚は少しあるけれど、スピードを自制する気はあまりない。だってこれが自分の進む速度なのだから、周りに合わせて徐行《じょこう》運転してなんになるんだ——でも。

そうやって独立独歩で進むから、共に歩んでくれる人が、いないのだろうか。

リア充では、ないのだろうか。

自分は——と、それはおいといて。

同盟《どうめい》を結んだ目の前の二人のこと。

「まあいいわ。次はあなた達の番よ」

「……わたし達？」「……俺達？」

「さあ暇そうにしている獲物……もといターゲットを探しにいくわよ！」

「言い換えた意味なくないっすか⁉」

「なあ、下野《しもの》。こいつがなんか話したいんだってさ」

「え？　円城寺さんがこの俺と⁉　なになに⁉　聞くよ聞くよ⁉」

「う……は……え、その……」

「おい、もっと近くで話せよ」

「お、お、押さないでよ千尋君⁉」

「……なにこれ？　なんで宇和と円城寺さんのラブラブシーン見なきゃいけないの？」

「どこがラブラブなんだよっ」

「男子と女子の体が触れ合ってたらラブラブなんだよ！　やーいラブラブ！」

「ほわわ、恥ずかしいっ……！　……あ、智美《ともみ》ちゃん。智美ちゃ～ん！」

「ん～？　呼んだ～⁉」

「呼んだ呼んだ！　なんでもここにいる千尋君から智美ちゃんへお話があるんだ！」

「おいやめろ、巻き込むな」

「ど、どうせ千尋君もやる約束だったでしょ⁉」

「だからって……」

「え～なになにっ宇和君っ？」

「あ……えっと……いや」

◇◆◇

「異性との距離感を縮めつつ話してみてどうだった？」

「疲れました……」

「俺も……」

円城寺も宇和もぐったりとしている。あれだけで体力を消耗《しょうもう》するとは情けない。

「リア充になれた気はした？」

「……果てしなく遠い道だと改めて認識しました」

「いや……無理でしょ」

効果もあまりないようだ。

「確かに、私もやっていてしっくりこなかったわ」

異性との距離感はこちらが一方的に縮めればいいものではない。相手との思いの積み重ねの先にできあがる距離感こそが大切なのだ。

「方向性を変えましょうか。まだやれる？」

「お願いします！　わたしは……わたしはこんなところでへこたれてられませんっ！」

「……俺は帰りたいんですけど」

「二人の意見を総合すると、まだまだやる気満々ってことね！」

「は、はいっ」「……」

ついに宇和が無言になってしまった。やり過ぎたらしいので次はフォローしよう。

「リア充の要件《ようけん》を……というより、文研部の二年にあって私達にないものはなにかしら？　思いつくものある？」

「恋人……はいない方もいますし……。あ、趣味《しゅみ》？」

円城寺が言うと、千尋が疑問を呈《てい》する。

「趣味……って誰でもあるんじゃないか？」

「で、でも先輩方はその度合いが強いんです！」

「ふむ……八重樫君は結構アレなレベルのプロレスオタクで、稲葉さんも情報機器がかなり好きで、桐山さんもすっごい可愛いもの好きで……後の二人はなにかあるっけ？」

藤島が疑問系で言うと、千尋が答える。

「楽しいことならなんでも好きって感じですけど、んな傾倒《けいとう》する趣味はないんじゃないですか？　関係ない気がしますね」

「目の付け所はいい気がするわよ？　自分が熱心になれるものがあることは大事だし。なにかに対する『愛』が周りに与える影響も無視できない。例えば、熱中できる趣味をなくした八重樫君達を想像してみて」

円城寺が「ん〜」と目を瞑り、腕を組んで考え込む。

「………た、太一先輩がなんの特徴もないモブキャラになった⁉」

「おいそれ太一さんに言うなよ。泣くぞあの人」

「や、やあモブキャラは冗談だけど。『声』という唯一の取《と》り柄《え》があるし」

「お前の毒舌《どくぜつ》はたまに本気でえぐいな」

「はいはい、どうだった？　趣味は重要そう？」

「な、気がします！」

「リア充だから熱心な趣味があるのか、趣味に熱意を注《そそ》げられる心があるからリア充なのか、ってとこはありますけど」

「宇和君、いい着眼点《ちゃくがんてん》ね」

円城寺は嗅覚《きゅうかく》に優れているし、宇和はなかなかクレバーだ。実は優秀？

せっかく二人がよいヒントをくれたところなのだ、生かしてあげたいと思う。意見を反映させてあげることは、その子達の伸びに繋《つな》がる。

さてやり方をどうするか……。

「二人は趣味、ある？」

「んな大層なものは……」

「しいて言えばでいいわよ」

「……俺は洋楽鑑賞《かんしょう》」

「わたしは飼っている犬と遊ぶ……」

「じゃあ……お互いにやってみる？」

「「え？」」

「それで趣味による好影響を実感しましょう！」


適当な空き教室を見つけて入り込み、藤島と円城寺が並んで座りその前に宇和が座る。観客二人にＤＪ一人のイメージである。

今から始まるのは、宇和プレゼンツ洋楽鑑賞会だ。

宇和の所持する携帯音楽プレーヤーはスピーカーもついており、音質にこだわらなければ複数人が同時に聴《き》くこともできた。

「じゃ、有名どころで……」

エレキギターが鳴り響く。藤島もテレビＣＭで聴いたことのある、アメリカのロックミュージックだ。

藤島と円城寺はスピーカーから流れる音を黙《だま》って聴く。宇和も特に解説なんかはせず音楽に耳を傾《かたむ》ける。

……四分経過……。

演奏終了。

「うん、いい曲ね。勇気が出そう。円城寺さんは？」

「は、はい。元気が出そうな曲です」

「このバンド一度解散したんですけど、最近復活したんですよ。っても、聴く価値あるのは解散前の曲だけですけど」

「へぇ」「ふうん」

「……」「……」「……」

「あの……盛り上がる気がしないんでやめていいっすか？」

宇和がどうしてもと頼むので洋楽鑑賞会は終了と相成《あいな》った。

「次は円城寺さんの趣味だけど……犬がいないわね」

「う、うちのボビーは名前を呼んだら駆けつける能力を持っていませんし……」

「じゃあ、無理っすね。この企画はおしまい——」

「ん～、じゃあ近くの公園行ってみる？　夕方の時間帯なら犬を散歩させている人もいるでしょう。ちょっとなら構って貰ってもいいわよね」

「他のわんちゃんと遊ぶ訳ですね！　それはちょっと楽しそう……！」

円城寺はわくわくと腕を揺する。

「犬……」

「どうしたの千尋君？」

「なんでも……ない。いや、だから公園で犬と遊んでいったいなにがあるのか」

「そんなこと言ってるから、リア充になれないのよ」

ぴしゃりと指摘したら、宇和は口をつぐんだ。

あれ？　結構ネタ込みで言ったのにマジでとられちゃった？

「一度体験してみるのも、悪くはないと思うの。そうやって普段の自分がしない体験をする、その先に……なにかがある気がしない？」

藤島が言うと、円城寺と宇和は少し感じるところがあったみたいに、熱心な顔で頷《うなず》く。

知らぬ間に名言を生み出してしまったらしい……全く罪作りな女ね！


「こ、こんにちは！　可愛いわんちゃんですね！」

公園のベンチに座って休んでいるおじいさんに、先陣《せんじん》を切って円城寺が話しかける。

見ず知らずの人に話しかけるなんて……などと言っていた円城寺だが、おじいさんの連れる柴犬《しばいぬ》を見ると、意識が犬に向かい緊張が紛《まぎ》れたようだ。

「はい、こんにちは。お嬢《じょう》ちゃんは山星高校《やまぼしこうこう》の生徒さん？」

ても平気だろう。

温和《おんわ》な外見通りの優しい方だった。お暇しているようだったし、少しなら時間を頂い
ちらっとこちらを確認してきた円城寺に、藤島は親指を立ててゴーサインだ。

「少しわんちゃんと遊ばせて貰ってもいいですか⁉」

「ああ、いいよいいよ。私じゃなかなか遊んでやれんから、ゴン太も喜ぶよ」

快諾《かいだく》を得、円城寺はおじいさんからゴン太のリードを受け取った。藤島も宇和もおじいさんに挨拶《あいさつ》を済ます。

「は～い、ゴン太君……きゃ！　ちょっと！　あはっ、あはは！」

小型柴犬のゴン太がしゃがんだ円城寺の胸に二本足で立って飛び込んだ。顔を円城寺の体にこすりつけ、「遊んで遊んで」と周りを飛び跳ねる。

「ちょっと、まず、落ち着き……ひゃうん⁉　お返しっ」

円城寺がゴン太の体をわしゃわしゃと触る。

「なんだか子犬が二匹じゃれてる感じね」

「つーか、懐《なつ》かれ過ぎだろ円城寺」

「わ、わたし動物にはなんかやたらと好《す》かれる体質で……」

「仲間と思われてるんじゃないか？」

「こらっゴン太君。え？　動物と皆友達……素晴らしいね！」

「……皮肉が通じなかった」

ひとしきり円城寺とゴン太がじゃれ合い遊んだ後、円城寺は「お座り」を命令。しつけがいいのかそれも円城寺の能力なのか、ゴン太もぴしっとお座りをする。

「はい、千尋君もどうぞ。楽しいよ？」

「まあ、うん。楽しそうだってわかった。うん、だからいいよ」

「どうしたの？　ほら、いくよ」

円城寺がリードをくいと引っ張って、ゴン太と共に千尋に近づく。

「いやいや待て待て俺から近づくからっ」

宇和は一歩二歩と後退しながらそんなことを言う。

「……あれ、もしかして千尋君……」

円城寺の気づきに、宇和の顔が引きつる。

「犬が苦手なんじゃ……？」

「んな訳っ……ねえだろ」

「ほ〜ら、ゴン太。あのお兄ちゃんと遊ぶよ〜」

「ばっ……俺から近づくから待っとけ！」

「ぷっ、くくく……千尋君こんな可愛い子を恐がってる〜」

「はぁ？　舐《な》めんなよ！」

意を決した表情で、今度は宇和から柴犬に近づいていく。そしてゆっくり腰を曲げ、そろそろと手を伸ばす。

「ほらっ」

円城寺がゴン太をちょこんと押す。そのままゴン太が千尋の足にじゃれつく。

「お……おおお!?」

宇和は足をぴんと伸ばしたまま硬直《こうちょく》する。

「えへへへっ」

「こんにゃろ……。後で覚えておけよ……!」

宇和は怒りを滲《にじ》ませた後、しゃがみ込んで律儀《りちぎ》にゴン太の頭を撫でた。

「よし！　終わった！」

すぐに立ち上がって宇和は犬から離れる。

「ち、千尋君？　さっきのわたし調子に乗り過ぎてた気がするけど……恐いことは」

「絶対に許さねえぞ」

「ごめんったら千尋君！　クラスのみんなや先輩達には言わないから許して！」

「…………わかったから絶対言うなよ」

嘆願《たんがん》と脅迫《きょうはく》を織《お》り交ぜて要求を通すとは、円城寺は侮《あなど》りがたいスキルの持ち主だ。

それにしても仲のいい二人。

「凄く楽しんでいたみたいだけど、今の二人はリア充じゃなかった？」

藤島が尋ねると、二人は顔を見合わせる。

「それっぽくはあった気もしますが」「こいつと二人じゃなんかねぇ……」

今のじゃダメらしい。リア充の要件とはなかなかに難しいものだ。

「あ……と、じゃあ、藤島先輩もゴン太君と遊んであげて下さい」

「……やめておいた方がいい気がするわ」

「藤島先輩もわんちゃんダメですか？　吠えないし人懐っこいし、大丈夫ですよ」

「そういう問題じゃなく……」

親切心で以《もっ》て、円城寺がゴン太と向かい合わせにしてくれる。

藤島は犬と目を合わせ、一歩近づく。

「きゃ、きゃう～～～～～ん!?」

犬が一目散《いちもくさん》におじいさんの下へ逃げ出した。円城寺のリードを持つ手を振り切っていくほどの勢いだった。

走り去っていく犬を、藤島は遠い目で見つめる。

「私……動物に好かれないのよ……」

「「……なんかすいません」」

二人に揃って謝られた。

「いいのよ、あなた達はなにも悪くない……」

あれ？　夕日が眩《まぶ》しくて目から涙が……。


気を取り直して、藤島は二人と話し合う。

日は急速に暮れていって、公園の街灯も点《とも》り出していた。

「結構いい時間になったわね。真っ暗になる前に帰りましょうか」

藤島が声をかける。いくらかあった公園の人影も消えている。

「夜になるともっと寒いですしねぇ……。あ、でも藤島先輩のご趣味を体験する企画がまだ……」

「別に急ぐこともないでしょ」

「ちなみに聞くんすけど、藤島さんの趣味ってなんなんです？」

宇和に聞かれ、はたと考える。

自分の趣味はなんだろうか。

世界への貢献《こうけん》活動……は趣味じゃない。恋愛相談役をやること、も違う。生徒《せいと》会執行《かいしっこう》部《ぶ》の仕事、も違う。

「そうね……自分の体を鍛《きた》えるトレーニングじゃないかしら」

「趣味ですか、それ？」

「千尋君。世にはボディービルダーみたいに己の肉体を磨き上げることに心血《しんけつ》を注《そそ》ぐ高《こう》潔《けつ》な人種もいるんだよ。それはもう熱心な趣味だよ」

「……お前筋肉質な男になにか思い入れでもあるのか？」

「な、なんの話かなっ⁉　へ、変な本なんて読んだことないよっ⁉」

騒ぎ出す二人を尻目に、藤島は先ほどのセリフを反芻《はんすう》する。

――趣味ですか、それ。

ああ、これもよく言われる。

趣味はなにか……楽しみとしてする事柄を答える作業。しかし自分がこれだと思う事柄を答えると、人には怪訝《けげん》な顔をされる。

それは趣味じゃないと。お前の解釈《かいしゃく》は間違っていると。

否定される。

基本的に趣味は生産的であってはいけないらしい。

なにか、一般的な枠《わく》に収まる『趣味』を作るべきだろうか。

例えばカラオケだったり、お洒落《しゃれ》だったり、スイーツを食べることだったり、そんな普通のみんなが持つ趣味。

普通を意識すると、自分がずれた存在なのだと思い知らされる――。

「つーかこの活動続けるんですか？」

宇和に話しかけられ、思索の世界から連れ戻される。

「……リア研の活動を？」

「千尋君、わたし的には、継続《けいぞく》してもいいかなって」

「だって、やっててもキリなくないっすか」

「そうね。……でも、最終的なまとめをするまで、せめて後一日はやってみない？」


本日は解散となり、鞄《かばん》も持ってきていたので円城寺と宇和はそのまま帰路《きろ》に就《つ》いた。

藤島は自転車をとりに一旦学校に戻る。

吹きさらす北風に少し身を丸めて歩きながら、こういう場合今日の下校時間は何時になるのだろうと、なんとはなしに思う。

一度鞄を持って学校を出た時点で、下校したと言えるだろうか。今も教室に戻る訳ではない。となれば今日はいつもより早く下校したと言える。

そして自分は、皆と遊んでいた……ということになるのだろうか。

普段はあまりない。適度に休みのある部活に所属している子達は、いつも早々に学校から出ると、こんな風にして日々を過ごしているのだろうか。

なんだろう、存外に満足感がある。いつもと違って充実感がない、とは思わない。

これがリア充？

◇◆◇

翌日の放課後もなんだかんだ都合がつきそうだったので、リア研（仮）で集まることになった。藤島の生徒会執行部も、円城寺達の文研部も、差し当たって急ぎの用はない。

という訳で保健室《ほけんしつ》前で待ち合わせ。

一年生二人より先についたので、壁によりかかって藤島は待機《たいき》する。

近くにいた二人組の女子の話が聞こえてきた。

「今日どこ行く〜？」

「ん〜、やっぱいつもんとこかなぁ」

「そうなるよねぇ……」

『いつものところ』、が存在する気軽げな二人の関係。

そんな仲のいい友達がいること。それもまた、リア充の要件だろうか。

「ていうか聞いた、あの噂？」

「聞いた聞いた。変なことが起こるってやつでしょ」

「そ、山星高校の人を巻き込む大規模《だいきぼ》な事件が何日も続く……ってどういうこと？」

「ん？　あたしはその間とにかく逃げられないって話だけ聞いたけど……」

「なにそれ恐っ」

「そっちも超恐いって」

妙な噂話だ。そう言えば昨日も男子から似た話を聞いた。自分が思ったより広まっている噂なのか。

怪現象か、それとも大規模な危機的事件か。

どちらにせよ学校に流れるにしては、あまり好ましくない。詳しく聞いてみようと歩き出す。そこで別の女子と目が合った。

「おっと、藤島さん」

別のクラスの、ちょっとだけ素行《そこう》がよくない女の子だ。

「こんにちは、岸川《きしかわ》さん」

「てか聞いたよ〜藤島さん。相葉に迫ったんだって？　マニアックなとこ狙うね〜」

「迫った、なんの話……ああ」

昨日、リア研の『男女の距離感を縮める企画』の時相葉と至近距離《しきんきょり》で喋ったのだ。

「うわっ、ホントだったんだ。藤島さん自身の恋の噂聞いたことなかったからさぁ。で、どうなったの？　相葉って経験なさそうだし藤島さんからいったの？」

「まず、相葉君のためにも言っておくけど、噂は間違いよ。迫ってないから」

「え〜、面白いなーって思ったのに」

「でも、事実じゃないから。このままだと相葉君にも迷惑ね……。岸川さんも噂は間違いだって伝えて貰える？」

「あ、でも藤島さんは相手にしてなくてもさぁ、相葉は本気なパターンもあるじゃん」

「岸川さん。恋の話って噂したくなるものだけど、野次馬根性《やじうまこんじょう》丸出しになるのは、感心しないわよ」

「おー、恐っ。喧嘩《けんか》売ってるんじゃないってもう、冗談だって」

「冗談に聞こえなかったから」

「ほんと藤島さんはいっつもさ、そんなにマジでどうするの」

――マジになって。本気過ぎて。ガチになって。真剣過ぎて。気合い入れ過ぎ。

「マジ過ぎると引かれちゃうよ？」

――だから、周りに、引かれる。

言い残して、興味がなくなったと言わんばかりに岸川が去っていく。さっきまでそこで話していた女子二人もいなくなっていた。

その場には藤島一人になる。

一人、取り残される。

いつもいつでもいつだって、自分は本気だ。マジに生きている。

それは「凄いねー」と言われ時に「やり過ぎ……」と言われる。

共通しているのは、『自分とは違って』という前置きの存在。その人と同じ枠に入れて貰えないで、線を引かれる疎外感《そがいかん》。

境界線《きょうかいせん》。

人に「藤島さんは超越した、向こう側の存在」と言われる時がある。でも理解して欲しい。その人が言う向こう側にいる人間だって、自分とは違う側にいる人間には手が届かないんだって――。

「こんにちはっ藤島先輩！」

「……どうも」

円城寺と、宇和がやってきて藤島の世界を開く。

しゃきーんと藤島も頭を切り換えた。

世界が自分を待っているから。

「部活はいいの？」

藤島は訊く。

「今日までならいいんじゃないかって……リア充研究にも目処をつけたいですしっ」

気合いたっぷりの円城寺。

「まあ、乗りかかった船ですし付き合いますよ」

なんだかんだ参加してくれる宇和。

一人目が加わって、二人目も加わって、三人になる。

仮初《かりそ》めでも、今だけの間でも、仲間ができる。

一人じゃなくなって、なんだか力が湧《わ》いてきた。

「じゃあ、今日もリア研始めちゃいましょうか！」

号令をかけて、さあ行動開始！

◇◆◇

たまたま空いていた一年二組の教室を拠点《きょてん》に、藤島達は調査を進める。

「仲のいい友達の存在が大きいのではないか」とか。

「皆でテンション高く騒げばリア充ぽくないか」とか。

「些細《ささい》なことでもよく感情を動かせばいいのではないか」とか。

試行錯誤《しこうさくご》、色々やって、イマイチ結果は出なくて、結局ここにいきつくしかないんじゃないかという話になる。

彼氏彼女がいたら、それはリア充だろうと。

もしくは、周りにモテているなどでも可。

つまり、なにかしら自分の関連するところで恋が動いていたらリア充だ！

し方ない。

本当は、『恋』は別枠でもっと特別なものにしておきたかったが、ここまでくれば致
三人が占拠《せんきょ》する一年二組の教室で藤島は叫んだ。

「もうこれしかない……。やっぱり恋の偉大《いだい》さに敵う存在はない！」

「恋してたらそうだ、って感じもしないんですけど……」

宇和は否定的である。

「けれど、恋してない人がリア充ってのもしっくりこないでしょ!?」

「そうですね……全く異性から離れた人はリア充ではなく仙人ですね！」

「待って円城寺さん。同性愛という可能性もあるわよ」

「はっ！　そうでした！」

「……全体的についていけてないんだよな俺」

微かに宇和の嘆《なげ》き節《ぶし》が聞こえたような。

「ところで、二人はどう、恋してる？」

「こ、こ、恋ですかっ!?　それはまだっ、わたしには過ぎたるものかと……」

「あんまり興味ないですね」

「円城寺さん、自分が恋するには早いなんてあり得ないわ。誰だって、どんな場面だって恋をする権利はある」

「そういうものでしょうか……。でもなかなか難しくて……」

「対して宇和君！　あなたなに中学生みたいな嘘ついてるの！　興味ないフリして恋にビビってるだけでしょ！」

「正しい指摘をするのはやめてあげて下さい藤島先輩！　千尋君がへたれなのは性分なんです！　でも頑張ろうとしてるんです！」

「勝手に言ってんじゃねえよ！　面倒臭いから嫌なだけだよ！」

「……あらやだそっち系？　ホモ系？」

「初め濁《にご》したのにわざわざ露骨《ろこつ》な言い方に直すのやめて貰えませんか藤島さん。ないっすからね。多田に誘われて女の子と遊んだりもしてる」

「えー……千尋君合コン的な遊びしてるんだぁ……。はぁ……なんかショック」

「……んでショック受けるんだよ、関係ないだろ」

「知らない女の子に上手く話しかけられずもじもじしてる千尋君を思うと憐《あわ》れで……」

「勝手に可哀想な奴にして憐れんでるんじゃねえ」

息の合った二人だ。この二人こそ実は……と、こっちから言っちゃうのは無粋《ぶすい》か。自分達で気づいて貰わないと。凄い言いたいけど！　凄い言いたい言いたいけど！

「と、ところでっ、藤島先輩の……お恋の方は？」

一通り言い合いを終えた円城寺が藤島に訊いてくる。

「私のお恋ねぇ……。まあ中学生の間に何人かと付き合ったわ。アブノーマルな恋愛も含めて」

「えっ⁉」

「いや、もちろん愛の形なんて自由なんだから、アブノーマルなんて形容をつけるのはおかしいと私も思うわ。でもわかりやすさのために……」

「藤島さん、円城寺が引っかかった理由は表現の問題じゃないです」

だったらどこに引っかかった？

「けど……高校ではご無沙汰《ぶさた》なのよね」

別の方向性に開眼《かいがん》したこともあって、ね。

「あ〜、やっぱ恋しないとダメなのかしら⁉　……と思うと恋したくなってきたわ！恋しちゃいましょうか円城寺さん！」

「ええっ……わたしと⁉」

「違う違う、二人で恋を探すってことよ。ただそっちがお好みなら……うん、そっちもアリね」

「あの……一旦ご遠慮《えんりょ》させて頂きたく……」

あらフラれちゃった。残念。

「藤島さんが好きな男子とかいないんすか？」

宇和にも尋ねられる。

「特定の『この人』ってのはいないのよね～。随分《ずいぶん》長い間……」

もう二年以上、自分は恋をしていないのか。最近は恋の気配すら感じていない。

……不味《まず》くないか？　あんまり深く考えていなかったけれど、これは不味くないか？

「あなた達も今は……特定の好きな人が……いないのよね？」

「は、はあ」「まあ」

「それが原因よ……。だから私達は満足いってないのよ……。本気で付き合うかどうかは別にしても……『あの人いいな』くらいは常に持っておかないと！」

恋をしていないから気を抜いてしまう。そのためリア充から遠ざかってしまうんだ。

「早急に探すわよ！　恋を！　たぶん学校を回れば落ちてるから！」

「落ちてるものなんですか⁉」

驚く円城寺。

「一目惚《ひとめぼ》れってあるでしょ。電流が走るアレよ。アレを探すの！」

「電流が走るアレですか……わたしにも見つかりますかっ⁉」

「簡単に見つかるものじゃないわ……。だとしても、ちょっといいな、まあ格好いいなという人はハードルを下げれば見つかるでしょ。まずはときめいてからね！　色んな部活動を見て回りましょ！」

「りょ、了解しました！」

「……あの、本気で意味不明なんで帰っていいですか？」

「ダメよ宇和君っ。宇和君も今日せめて一番可愛いと思う子を見つけるの！　私達がついていれば合法的に運動部女子を見学し放題だからお得よ！」

「……お、……俺は別に」

「今一瞬口元がにやけたわね」

「もう、千尋君ったらむっつりなんだから」

という訳で三人仲よく色んな部活を見て回ることになった。


リア研（仮）はバックネット裏から野球部《やきゅうぶ》の練習を見学する。

基本的にオフシーズンであり、基礎《きそ》練習が中心のメニューみたいだ。

「どう、円城寺さん？　いい男いる？」

「い、いぃ男と言われましてもっ……。個人的見解《けんかい》を申し上げれば……もっと格好いい髪型の方がいいかなとは思います。坊主《ぼうず》より」

「髪型を気にするタイプね。宇和君、女子マネージャーの方はどう？　二年の子と、後今年入った一年生も活発《かっぱつ》な子で、結構可愛いと評判のはずだけど」

「……つか知ってますよ、そいつなら。まあ別に、って感じですね」

「宇和君は大人っぽい女性が好き？」

「なんだかんだ千尋君もちゃんとチェックしてるね」

「好きでやってる訳じゃねえぞ！　付き合ってやってるだけだぞ！」

それからも三人は学校周りと部活の見学を続けていく。

「バドミントン部！」

「はい……スマートですね皆さん」「まあ、はい」

「ラグビー部！」

「男らしいのですが少し恐い気も……」「……今マネージャーいないみたいですね」

「バスケ部！」

「格好いいスポーツだとは思うのですが……」「……女子は別の場所みたいですね」

「バレー部！」

「お、思ったより激しいっ」「……いや、頑張ってますね」

「変化球で茶道部《さどう》！」

「……男の子がいません」「つーかこの窓、覗いていい場所じゃないですよね？」

あれやこれやと話しながら、三人の旅路《たびじ》は続いていった。

その中で藤島も、色んな人達を見ながら考える。

好きな人。恋をすること。

あの男子や、そこの男子。客観的にみて格好いいし性格もいいと思うけど、なぜかピンとこない。

本当に、自分は最近恋をしていない。

人間として、とても大事な感情なのに。みんなにはそれを勧《すす》めているのに。

自分には特定の好きな人がいない。

自分は今誰かを愛している？　それは、愛しているのだ。

全人類を愛している。

なんてことをかつて言ってみたら「スケールデカイな」「ギャグだよね」と、笑われた。特に補足《ほそく》で説明はしなかった。

でも本気だけど。

本気に本気で、いつだって本気だけど。

みんなに対してあまり「本気」とは言えないでいる。「本気」と言ってもそういう冗談だと認識される。

理解して貰えない。

中学の時はそこまで思わなかったけれど、高校になってはっきり感じた。

自分は皆から、ずれている。

世間一般から外れている。

自分は、——変だと思う。

ああ、なにこれ。いつもより酷《ひど》い、ブルーな気分がやってくる。ちょっと諸々《もろもろ》考えさせられたせいで、パンチがよりきつくなっている。

いつもの自分を捨て去って、どこかへ飛んでいきたくなる。

自分がこの世界に適合《てきごう》していない気がして、この世界が自分に適合していない気がして、ここから逃げ出したくなってしまう。

こんな風になった自分が、この世界で誰かに愛されることはあるのだろうかと、疑ってしまう——。

「……見つからないわね、恋」

移動し疲れて、校舎の玄関口で休憩を取りながら、藤島は呟く。

「格好いい人は……そりゃいますけど……電撃がびびとはきてません」

「俺は元から見つかると思ってないんで」

「……そう、ごめんなさいね、付き合わせちゃって」

「藤島先輩？」

「結局リア充がなんなのかわからず……。恋を見つけることもできず……」

「え、あの、どうしたんですか藤島先輩？」

「らしくないっすよ。……俺も本気で嫌だったら帰ってますし」

一年生二人から慰《なぐさ》められて、余計に心に、くる。

自分はなにをやっているのだろうか。ダメだ。

「リア研として、いい結論は見つからなかったけど……」

事実上の、敗北宣言。

「でもきっと、恋を見つけることは凄く大切なことだから」

なんの説得力もない言葉。

「これだけは諦めずに、探し続けて欲しい……。私自身見つけられずにいるのに、なにを言ってるんだって思うかもしれない……それでも」

「ふ、藤島先輩……」

円城寺が目をうるうるとさせる。

「だからなにガチで思い詰めてるんすか……つかなにこの雰囲気」

しんみりとした空気が広がって、また心が沈み込んでしまう。

ブルーに、真っ青に、世界の色が変わっていく。

「っとなにしてんの？」

三人の外側の世界から、声が飛んできた。

髪はつんつんと立て気味のウルフカット、さわやかなスポーツマンフェイスに、十二分な身長とほどよく筋肉のある体つき。誰が見ても高スペックな、一年二年と同じクラス、八重樫太一とも親友である、サッカー部所属の渡瀬伸吾《わたせしんご》だった。
「藤島さんと……文研部の一年生だよな？　こりゃ珍《めずら》しい組み合わせで」

「こ、こんにちは！」「……ども」

スポーツウェア姿の渡瀬は肩にかけているタオルで額を拭う。

「俺さ、今外走らされてきたんだけどきっついわー。冬だから走らせときゃいいだろって発想やめてくんないかな。……で、なにしてるんだっけ？」

ブルーに染まりかけていた世界が、普通の色に戻る。

「リア充を目指して、恋を探そうかと」

「……また訳のわからないことを始めてる。マジ奥が深過ぎるだろこの人……と」

渡瀬はぶつぶつ呟いてから、藤島に向けて言う。

「ああ、そうなんだ。……え、リア充？　恋を探す？　なに言ってんの？」

「藤島先輩……ちゃんとニュアンスを伝えないと、わ、わからないと思います……」

「そもそもわかって貰う意味もない気が。俺的には」

円城寺と宇和の指摘ももっともだった。

「そうね。端的に伝えないと……。つまり、恋を探して恋を見つけて、人生をいい感じにしたいということよ」

「恋を探して……いい感じに、って。……藤島さんが恋人作ろうとしてんの？」

渡瀬はなにかに期待するような顔をする。

「私の場合作ろうってんじゃないけど。まず恋を見つけたい訳で」

「へい……そうですか」

今度はがっくりと肩を落とす。なにか気落ちさせるセリフを言っただろうか。

「えーと、渡瀬君は練習中よね？　邪魔《じゃま》しちゃってごめんなさいね」

「いやいや全然、全然問題ないですよ藤島さんっ」

「ええ……。ありがとう」

相変わらずいい人だ。そろそろ彼女ができていいと思うんだけれど。

「……うん、まあ。じゃあ……そういうことで……」

渡瀬は歯切れ悪く言う。自分から離れるのが気まずいと思っているのだろうか。なら
こちらから清々《すがすが》しく離れてあげよう。

「練習頑張ってね渡瀬君！　それじゃっ！　円城寺さん宇和君、行きましょうか」

「……おう、……やっぱちょっと待ったぁ！」

振り返って去ろうとしたところを、呼び止められる。

「なにか？」

「いやなにかと言われますと……」

普段女子だろうが気兼ねなく話す渡瀬だが、なぜか藤島にだけは敬語になる時がある。

微妙に感じる、距離の遠さ。

「じゃなくてさっ！　ちょっと言うけど！　……そこの一年生二人は恥ずかしいから聞いてないフリしててなっ」

渡瀬は円城寺と宇和に注意喚起《ちゅういかんき》してから、話し始める。

「恋っつうのは、探さなくても、たぶんすぐ側にあるものだから」

恋は探さなくても、側にある。

「そう……かしら？」

「そうそう、意外にそうなんだって。とにかく無理に探すものじゃない。つかなんで『恋愛マスター』藤島さんがんなことに悩んでるんだ？　絶対余裕じゃん」

「余裕……余裕じゃないわよ。……私なんて、人からずれてるし。よくお前の解釈は間違ってるって否定されるし。ついてけない、マジ過ぎるともしょっちゅう言われるし」

弱音を吐いている。誰この自分？　なにこのネガティブ？　この愚痴《ぐち》？　まるで、そこら辺にいるか弱い女の子みたい。

境界線を越えて、自分が『普通』と言われる枠に収まっていく。

ああ、でもこれでいいのかもしれない。そうやっていく方が、正しいのかもしれない。

一人の道を行くのは、少し、疲れてきたから——。

「周りの目を気にして弱音とか藤島らしくねー」

　渡瀬は言った。

『さん』づけをしなかった。

　そこに込められた意味は、なにか。

「らしくない……って」

「いやなにが藤島らしくなくて、どれが藤島らしいかなんて俺には決められないけど」

　渡瀬は藤島を見つめる。

「だってそれは藤島が決めることだ」

　自分で決めること。

「藤島には藤島のよさがある。でもそれを、この世の全員がいいところだって認める訳じゃねえよな。価値観《かちかん》は人それぞれだし。だからそこを気にしても仕方なくないか？　周りの奴らには全然認められなくても、後々、それこそ死んでから評価された偉人《いじん》なんてごまんといるだろ」

　スケールの大きな、話だ。

「周りの目を気にして、それで藤島のよさが出る訳じゃない。だから外野《がいや》なんて気にせず、思うように突き進んで欲しいね。一ファンとして」

　自分の自分だけのよさ。周りの目。周りのこと。

「藤島は……普通の奴らじゃできないことをやっているんだ。それに憧れる心はみんなあると思うぜ？　嫉妬ややっかみになる時もあるだろうけど」

　そして渡瀬は、続ける。

「後俺の個人的な意見として、『普通』に萎《しお》れている藤島さんなんて見たくない。俺はぶっ飛んで疾走《しっそう》している藤島が……藤島さんが…………好きだ」

　好きと、言われた。

　進む道を肯定された。

　たとえ境界線を越えていても、向こう側の人間であっても、人間は人間で。

　ちゃんと自分はこの世界で、愛されていた。

　こんな生き方をしても。いや、どんな生き方をしても？

　もし、もし仮にだ。自分が先ほど例に挙げられたような偉大な人物だったとして、将来インタビューされたり自伝を書かされたりする人間だったとして。

　あなたにとっての一番の転機は？　と問われれば。

　迷わず、この時のことを答えよう。

　自分は、間違って、いないんだ。

「そうね……忘れていたわ。どうして……人の目を気にして、自分の『正しい』を求めることを諦めかけていたんだろう……」

　肩書きに依存したり、自分は本当に足りないところの多い人間だ。

そしてその度周りの人に気づかせて貰っている。前は八重樫太一に、今は渡瀬伸吾に。人に助けられ、支えられ、自分は生きている。

それならば、まだまだ足りていない自分も、思うように生きていける。

「……ありがとう、渡瀬君。なんだか凄く……燃えてきたわ」

「燃え……ましたか」

「ええ、燃えたわ。二日ばかりブルーな気分だったけど……、その反動で、四カ月は戦えそうよ」

「反動からの行動力の持続やばくね？」

「円城寺さん、宇和君」

藤島は仮初《かりそ》めの仲間となったリア研の二人に向き直る。

「リア研の活動は一旦終了……になるけど、解散はしないでおきましょう。たまに相談して、彼氏彼女ができるか、もしくはリア充になったら、その時解散よ」

「はいっ……わ、わたし……リア研での活動は一生忘れませんっ」

「二日でなに感動の別れっぽくやってんだよ……。や、でもまあ、お疲れ様でした」

真っ直ぐ過ぎる感情と、多少ひねた感情と、それぞれらしい表情で、二人は言ってくれた。

素晴らしい二日だ。素晴らしい日々だ。素晴らしい世界だ。

「恋は必ず……見つかるわ！　信じて、お互いの道を進みましょう！」

円城寺と宇和、二人と握手を交わす。

と、その時携帯電話が着信を知らせる。

「……ごめんなさい。もしもし」

断りを入れて電話を耳に当てる。届いたのは、生徒会執行部の後輩の声だ。

『ふ、藤島先輩っ。実は昨日提出だった書類にミスがあって……あの、わ、わたしのミスで全部やり直しに……』

「すぐ行くから待ってなさい。あの書類ね……ミスの程度によれば全部やり直しにしなくていい技があるから」

『ほ、ほんとですか!?　お待ちしてます！　お願いします！』

電話を切る。多少の申し訳なさを感じながら、口を開く。

「……じゃあ私、用事できちゃったから」

そんな自分に、三人は一片の曇りもない笑顔だった。

「藤島さんぽいな」「お、お助けを求めている方の下に行ってあげて下さい！」「俺らのことはもう気にしなくて大丈夫ですよ」

またいつか、リア研＋渡瀬で集まりたい。純粋にそう思った。

自分一人の道を進んでいても、ここは帰って来られる場所だ。

「また連絡するね、円城寺さん、宇和君」

「はいっ」「うす」

「それから改めてありがとう渡瀬君！　あなた人を元気づけるの上手いわね。私より相談役に向いているかも。じゃ！」

「あ……いや、はい、どうも」

さあ歩みだそう。駆け出そう。

一歩踏み出す。二歩目を踏み出す。前に進む。たまに知り合いを見つけて「こんにちは」と挨拶をしながら、藤島は校舎の中を進んでいく。

まっすぐ生きて悪いのか。思うように生きて悪いのか。

本気で生きて悪いのか。全力で生きて悪いのか。

いつだって本気で全力で真剣で、悪いか。

自分には進みたい道がある。自分には生きたい生き方がある。

だけどそれは、人に『変だ』と言われやすい生き方だ。

その事実を受け入れよう。

一人外れる自分を世間が笑うこともあるだろう。

その時は自分についてこれない世間を笑い飛ばそう。

遅れているのは、お前らだ。

誰の思うように生きるのか。

誰の基準で判断するのか。

自分だ。自分だ。自分しかいない。

自分が行こうとするこの道は、まだ誰も歩いたことがない道程だ。

そこを切り開いて自分は進む。

自分は明日もこの道を行く。

その先に、自分なりの自分だけの充実が待っている！

後、できればその途中でいい恋が見つかってくれたらいいな！　きゃはっ！

＋＋＋

遠ざかっていく藤島の背中を、紫乃は圧倒《あっとう》されつつ、でも親近感《しんきんかん》を覚えつつ見送る。

「……行ってしまわれましたね」

紫乃はぽつりと呟く。本当にハリケーンみたいな人だった。

自分とは次元が違うように思えて、自分と似たような悩みも持っている人だった。

「訳がわからない二日だったが……気づけば巻き込まれてた」

隣で千尋も呟いている。

「なあ、あの人凄いだろ？　将来的にはあの人を中心に日本が回り出すんじゃね、って気さえするだろ」

渡瀬が紫乃達に話しかけてくる。んー、それは流石に過大評価だと思うが。

ふと、ぴんときた。

「あのなんとなくそんな気がしただけなんで……本当の本当になんとなく思っただけなんで……もし間違っていましたらぶん殴って頂いて構わないのですが……。ひっ……殴るのは恐いのでやめて欲しいですがっ」

「殴らない殴らないっ。可愛い後輩なんだから。で、なに円城寺さん？」

「渡瀬先輩ってもしかして……藤島先輩のことを…………好きなんじゃないですか」

言っちゃった。言っちゃった。人の惚《ほ》れた腫《は》れたに口出ししてしまった。

どんな反応がくるのだろうとドキドキしていたら、渡瀬は存外冷静だった。

「あの人は恋愛マスターって言われたり、恋愛神って言われたり、人の恋愛事情にはやたら気づくし、気が回るんだけど」

その口調はとても優しくて。

「自分のことになると鈍《にぶ》いんだよなぁ……」

本気で藤島のことを大切に思ってるんだなって、伝わった。

「おい渡瀬いつまで油売ってんだっ！」

「やべっ！　……この話内緒な。また今度話そうぜ、じゃ」

まだ練習の途中だった渡瀬は、顧問の先生に怒られてダッシュで消えていった。

「ふーむ、藤島先輩は鈍いのかぁ……。意外」

紫乃の呟きに、千尋が応じる。

「自分は恋と遠ざかってるみたいなこと言っておいて、結局あるじゃん。そこにある恋に気づいてないだけで」

「やっぱ渡瀬先輩の言う通り、恋は探さなくてもすぐ側にあるものなのかなぁ」

恋愛するにはほど遠いと思っている自分も、実はそこにある恋に気づいてないだけなのだろうか。

それに気づければ、自分にだって恋が始まるのだろうか——。

なんとなく、首を動かす。隣で千尋も首を動かす。

紫乃と千尋の目がばちりと合う。

見つめ合う。

結構な至近距離で見つめ合う。

普段意識しないけれど、中性的な千尋の顔はとても綺麗で——。

「ちょ、ちょ、ちょいっ⁉」

訳のわからない奇声を上げながら、紫乃は正面に顔を戻した。頬が熱い。

同時に千尋も慌てて首を戻していた。一瞬確認したところによると、顔が赤くなっていた気がする。

……え？　なにこれ？　まさか……いやいや！　ややや！

ない！　ないない！

だって千尋は千尋。クラスメイトで部活の友達。それだけそれだけっ。

だからっ、だからだからっ。

これはっ……恋じゃない！

＋＋＋

「ここをこうやってこうすれば……ね、なんとかなりそうでしょ？」

「た、確かに……ありがとうございます藤島先輩！　もうホントどうなるかと……」

「不慣れなのに任せちゃった私も悪かったわ。ごめんなさい」

「いえいえそんなっ！」

後輩が起こしたミスのリカバリは完了。じゃあちょっとお休みさせて貰った分、生徒会執行部の仕事をいつもより頑張っちゃおうかなと藤島は思う。

「あ〜ホントよかった〜……あ、そう言えば。あの噂、知ってます？」

後輩の女子が話題を振ってくる。

「どの噂？」

「山星高校の生徒が、強制的におかしなことをやられるって噂です。その間閉じ込められて出られないとか……そんな噂です」

「ああ、あれね」

またこの噂が流れているんだと思いながら、藤島は続ける。

「そこでは『人格が入れ替わる』なんて普通あり得ないことが起こるらしいわよ。私も噂に聞いただけだから、はっきりと詳細は知らないけど——え？」

噂。そう、噂だ。昨日今日と、『でかい実験がある』だとか『大規模な事件が続く』だとか『その間逃げられない』だとか聞いた。妙な噂だから詳細を調べなければならないと思っていて……あれ？

さっき自分が話した内容は、いったい誰に聞いた噂だ？

知っている。でも誰に聞いたか覚えていない。そもそも聞く暇などあったか？

おかしい。

なにかが、決定的に、おかしい。

【——】

……あれ？　いや、自分はなにを不思議がっていたんだろう。

噂ってそういうものじゃないか。誰から聞いたかわからないけど……まあ、だからそういうもの。

全然、おかしくない。

全然、なんにも、おかしくない。

＋＋＋

「そう言えばこの前紫乃ちゃんにさ、『リア充への道は遠いですね……。でも頑張りますっ。藤島さんと……リア研と共に！』とか言われたんだよね」

帰宅途中の電車内、永瀬伊織は隣に立つ稲葉姫子に向かって話す。

「なに言ってんだあいつは。つか藤島が絡《から》んで変なことやってんな……」

稲葉が眉間《みけん》にシワを寄せ、溜息を吐く。

「おうっと！」

急に電車が揺れて転びそうになった。手すりを摑んで危機を回避。

「危ない危ない」

「バカ、気をつけろよ」

稲葉に呆れ気味にたしなめられた。

「しかしリア充ねぇ」

「わたしはどうなんだろ……。つか、今や稲葉んは完全にリア充だよね。一年生の初めから思えば考えられないことだよ！　あの稲葉んが、ってさ」

「否定は……できんな。いい彼氏を持てて、いい仲間と知り合えて」

「そんなことさらっと言っちゃうしさぁ」

稲葉がこんな風になるなんて、誰が予想できたんだ。色んな出来事があって、色んな選択肢を選びに選んで、今の場所に辿《たど》り着いた。

それって凄いことだよな、と思う。

ここまでに辿ってきた道程《みちのり》を思うと気が遠くなる。自分があの時もし『ああ』していれば、運命は変わっていた。それが自分だけの話じゃないのだ。数え切れないほどたくさんの人の行動全てが合わさって、『今』ができている。

「なに黄昏《たそが》れてるんだよ」

「やぁ、この学校に入って、文研部に入って、ホントよかったなって」

自分の人生で最も大きな岐路《きろ》だったと、振り返ってみて素直に思った。

「急に臭《くさ》い言葉を口にするな。マジでどうかしたのかよ？」

「先に言ったのは稲葉んでしょ⁉　もう、あんなこと言うわ太一にはデレるわ、ホント考えられないよ」

「関係ないのにデレを出すな！　……確かにその時のアタシに『お前将来太一と付き合ってる』とか言っても絶対信じないだろうが」

「だよね～！　まあその『絶対あり得ない』をひっくり返すくらいの出来事がたくさんあったもんね」

「……色々あったからな」

「あった、ね。そりゃあいつの件が筆頭《ひっとう》かもしれないけど、それ以外にも結構」

そのどれもが、かけがえのないものだ。

「三年生になったら……受験で忙しくなると思うし、もう今から文研部の卒業アルバムでも作るか？」

「ぶっ⁉　稲葉ん早過ぎだよ～。まだ一年以上あるのにどんな大作にする気なんだって。それよりももっと遊ぼうよ！　三年になる前に春休みもあるんだから！」

「は、早いか……。いや、こういうの作ったことないから……。じゃ、旅行も行くか」

「そうこなくっちゃ！」

大好きな文研部のみんなと、まだまだたくさんのことを積み重ねていける。これ以上に素晴らしいことがあるだろうか。目の前の――の顔を見ながら伊織は思う。
あれ？
今目の前にいるこの子の名前なんだっけ？
――て、いや、ちょっと、稲葉んじゃん、稲葉姫子。
今の空白はなんだ。一瞬のど忘れだとしてもあり得ない。
だって、自分の大好きな大親友、稲葉姫子なのだ。
これから死ぬまで一生、忘れるはずなんて、ないだろ？

ココロコネクト ステップタイム　了

※初出一覧　ファーストエンカウンター（FBonline２０１０年11号〜12号掲載）ふたりぼっちの友情（FBonline２０１１年11号〜12掲載）デート×デート×デート・この我が道を行く疾走（書き下ろし）

あとがき

あとがきです！　スペースがないので急ぎます！　まず二〇一二年七月よりアニメ放送開始です！　アニメという異《こと》なる角度から描《えが》かれる『ココロコネクト』は、作者自身驚くほど新しい発見に満ちています。原作ファンの方もきっと楽しんで頂けるはずです！　と作者として太鼓判《たいこばん》を押しておきます！　またコミッククリアで絶賛連載中《ぜっさんれんさいちゅう》のコミカライズに続きまして、娘ＴＹＰＥでもアニメ準拠《じゅんきょ》の漫画が始まります。それ以外もコラボなどなどありますので『ＦＢｏｎｌｉｎｅ』を要チェックです！　バンダイナムコゲームスさんによるゲームもバリバリ作成中ですよ！　次巻の予告もしなければ！　次巻からついに本編ラストエピソードが開幕《かいまく》です。ラストに相応《ふさわ》しく上下巻構成を検討中です。『劇場版《げきじょうばん》　ココロコネクト』なスケールでお送りする予定なのでお楽しみに！

　では謝辞《しゃじ》を。白身魚《しろみざかな》様、本当にいつもいつもありがとうございます。また担当者《たんとうしゃ》様を始めとする本作に関わってくださった全ての皆様、お力添《ちからぞ》えに感謝申し上げます。これからもよろしくお願いいたします。更に珍《めずら》しく私信《ししん》を、今春にできた新しい仲間達へ。この作品はみんながいたから完成させることができました。本当にありがとう。そして最後、『ココロコネクト』をここまで育ててくださった読者の皆様に最大限の感謝を。

二〇一二年六月　庵田定夏《あんださだなつ》

いなばん×いおり萌
ました♡
女の子が仲良いの
やはりよいです♡

●ご意見、ご感想をお寄せください。
ファンレターの宛て先
〒102-8431 東京都千代田区三番町6-1 株式会社エンターブレイン ファミ通文庫編集部
庵田定夏 先生　　白身魚 先生

●ファミ通文庫の最新情報はこちらで。
FBonline **http://www.enterbrain.co.jp/fb/**

●本書の内容・不良交換についてのお問い合わせ。
エンターブレイン カスタマーサポート **0570-060-555**
(受付時間 土日祝日を除く 12:00〜17:00)
メールアドレス：**support@ml.enterbrain.co.jp**

FB
Famitsu Bunko

ファミ通文庫

ココロコネクト ステップタイム

二〇一二年七月一二日 初版発行

著者 庵《あん》田《だ》定《さだ》夏《なつ》
発行人 浜村弘一
編集人 森 好正
発行所 株式会社エンターブレイン
〒一〇二-八四三一 東京都千代田区三番町六-一
電話 〇五七〇-〇六〇-五五五(代表)
発売元 株式会社角川グループパブリッシング
〒一〇二-八一七七 東京都千代田区富士見二-一三-三
編集 ファミ通文庫編集部
担当 宿谷舞衣子
デザイン アフターグロウ
写植・製版 株式会社オノ・エーワン
印刷 凸版印刷株式会社

定価はカバーに表示してあります。

あ12
2-2
1135

ISBN978-4-04-728122-6